奈良的鹿嫻熟於與人應對；不，牠們並不取悅於人，而是等著人們取悅牠。

（奈良．東大寺參道）

13

cities

日本人的內心是大自然的寫照，有日本人的地方就有樹。（**京都・天授庵**）

正如谷崎潤一郎所言：「所謂的美往往由實際生活中發展而成。」
日式庭園中的添景物也都由實用出發，進而追求美學趣味。（**京都・天授庵**）

秋日，踅在東福寺通天橋，彷彿天上人間。（**京都**）

遊歷京都，走訪藝術家、文學家舊居，最饒人文趣味。

（京都・河井寬次郎舊居）

河井寬次郎為民間陶藝家，舊居改建為紀念館，素燒窯淘氣可愛。

傍晚，在梅窩等船回中環，天空完全暗了下來，天色水色一片深藍色，天上有星星微笑，水中倒映燈火款擺。（**香港．梅窩碼頭**）

超長的工時、超侷促的空間、超爭競的資本主義現實，每個人累積了大量的壓力，當夜幕低垂，壓力釋放而成電力，嗶地把整個香江燃燒了起來。（**香港．彌敦道**）

走在馬路上，上海是個時新大都會，但一轉進弄堂，好像攝影棚裡背景板翻換，立刻進入另一個時空。

春風料峭中，新芽蓄勢待發。（**上海・復旦大學**）

黑瓦白牆，或滄桑或穎新，站在哪裡都是一幅風景。（蘇州・虎丘）

寒山寺前盹著一隻船，夜半鐘聲才喚得醒它吧。（**蘇州**）

我往工人群裡走，去看那一堆堆廢柴殘磚破瓦，紋路宛然，不知道哪一片曾經張繼撫摸過？

（**蘇州・寒山寺**）

福爾摩斯和哈利波特都出身愛丁堡，它還是聯合國教科文組織指定的第一個文學都市。（愛丁堡・作家博物館）

旅行歐洲，發現日本青年最常單獨行動，一個男孩背著大背包直有浪跡天涯的味道，兩名女孩拉著小行李箱也好俐落……　　（**愛丁堡・卡頓丘**）

手掌撫摸之處也許兩千年前某個羅馬青年也曾摸撫過。這樣一想，心中有一瞬震顫，頓生壯闊之感。（**約克城牆布薩姆門**）

邱宮是英國皇室規模最小、最具神祕色彩的皇宮，原稱「荷蘭人之屋」，它燒烙了皇室的私密印記。
（倫敦・邱園邱宮）

擠在人堆裡張望童話一般的禁衛軍交接儀式，我好有興致地盡了一個觀光客的「本分」。
（倫敦・白金漢宮）

「觀光」在這個時代，已是個負面取向的字眼了吧。可那又怎樣呢？如果他們的各種條件加總起來，最適於以這種方式出遊，旁人又如何可以帶著一種嘲諷的態度來看待他們？

（奈良・唐招提寺南大門）

13

cities

王盛弘

十三座城市

目次

輯二　京都的石頭

代跋

旅人的心光

——序王盛弘散文集《十三座城市》

向陽（詩人、台北教育大學台文所所長）

閱讀王盛弘的散文是一種享受，尤其是他近幾年來的集子，朝向旅行書寫，結合對都市的細膩觀看、自然的深刻體悟，以及感性和知性兼容的文筆，呈現了一個喜愛旅行的旅人心境，更讓人感到暢快。從《慢慢走》到《關鍵字：台北》，王盛弘寫出了旅行書寫的核心議題：空間的遊走，以及出入。遊走多重空間，使得他的散文展現三稜鏡般多變、多彩的炫麗；出入不同的風景，又使他的散文凝練著深具人文色彩的心象。他的散文會發光，讓讀者在閱讀之際，看到隱蔽於表象之下的微塵暗影，也看到城市與人群的幽暗魅影。

通過旅行，通過走踏，王盛弘的散文也是人間的散文。在《關鍵字：台北》這本標誌著地誌書寫旅程碑的集子裡，台北這座城市因此有了人味。他寫德惠街、牯嶺街、永康街、二二八公園、建國花市、台北東區，也寫夜店、健身房……以他的走踏、觀察、感悟，為新世紀台灣都市文學開拓了一塊新的版圖，表現了他註記台北這座多樣都市的才賦。一步一腳印似的，讓台北這座灰黑的城市，因為他的書寫，而有了生氣勃勃的血肉之美，與夫溫暖。他處理台北的城市空間，不僅是地標、街名，也帶進了在這空間之中存活的人們的悲喜苦樂愛慾情仇，而使得他筆下的都會空間有光影晃動，有暗香竄流。

這本新作《十三座城市》可說是《關鍵字：台北》的遺緒：王盛弘筆下的十三座城市並未遺漏台北，台北作為出發，也作為歸返；作為文本，也作為腳註，是王盛弘展開旅行書寫的源頭，也是他反芻旅行的歸宿——因此，這本新著就保留了相當部分《關鍵字：台北》的優點，作為旅人，行走過的城市街道印記著旅人的眸光、腳跡，映現了旅人的心象。一如他在本書後記中所說，「彷彿隔著一扇瀏亮玻璃窗」，看見的是「以客觀世界為布景的主觀映像」。這映像是旅人王盛弘心境的再現，十三座城市，無非一座心的城市，心的王國。通過台北，台北之外的另外十二座城市因而生動起來。這些城市的點點滴滴，鑲嵌了一個從台北出發的旅人的驚歎、沉思、反芻和凝視。

但同時，這本新作也展開了新的空間。那是一個獨行的旅人對於不同城市的景觀的靜觀——異於《關鍵字：台北》對於都市人間群像的細膩刻繪，《十三座城市》更多了都市街景、風物的細描。王盛弘寫上海、蘇州、香港、京都、東京、首爾、峇里島、愛丁堡、約克、倫敦、巴黎、巴塞隆納，以異國旅人的眼睛，看到了這些城市留駐在他心中的景象，細緻地鋪陳一個異國旅人在異地中的行蹤，同時也帶出這些異國城市的光亮。其中特別是對於日本京都的情有所鍾，盡皆展現於本書「京都的石頭」一輯之中，他對京都的庭園的沉浸，對於京都隨處可見的木石草花的精細描繪，把旅行書寫從浮光掠影的感慨、頌讚，推進到一個交織了文學、歷史、自然的多重書寫空間之中，因而活現了像京都這樣具有特色的都市之美。這是旅行書寫最為深刻的部分。讀他的京都書寫，不僅看到京都的街道，還撫觸了京都這座都市的心。

一個旅人心中放出的光，可以照亮一座城市。《十三座城市》正是這樣一本讓人眼睛為之一亮的書。作為旅行書寫，通過王盛弘的筆端，城市中最幽微而不易被「觀光」之處，一一纖細顯露。藉由舒緩的行踏，也通過默識，王盛弘寫出了我們以為熟悉實則陌生的城市心景；也藉由精確的細描，王盛弘寫活了他所履踏過的城市不易為人所窺看的城市之美。如果說，旅行書寫不僅只是書寫眼睛所看，也還要寫出心中所識；不僅只是描摹地誌空間，也還要凸顯人文空間，在觀景的同時又能觀心，融匯外在景觀與內在心境於書寫之中，給予閱讀者旅行「風光」之外的旅人「心光」，《十三座城市》庶幾近矣。

豈僅止於十三座城市

——我所知道的王盛弘

鯨向海（詩人）

跟王盛弘認識數年，我們維持著那種每次見面笑說：「不如一起去洗溫泉吧。」卻從來沒有真正去過的微妙情誼。大概知道他的些許戀愛故事，隱約理解他又怎樣分手了又怎樣愛上了，但始終沒機會親眼目睹他的戀人們；我卻曾被他逮到和我們家那位穿涼鞋在花市裡閑逛共吸一罐飲料。也分配到一些極度隱私不可說的祕辛，我確實是那種可以爆他料的密友，但沒有辦法太多。

我猜想王盛弘應該有點悶，有點委屈。他創作認真，這個時代卻不見得同樣認真地翻閱了他的作品。還好他心靈強壯並不氣餒，反而越寫越勤快，令人動容。一晃眼來到第八本書，輪到我幫他作序。早先他就曾囑咐我：「有天要找你寫序。」從此我便如履薄冰，如臨大敵。除了王盛弘是完美主義者，有文字標點潔癖，很可能稍有差錯就被他暗地嫌棄；此外他的散文路線是廣闊無疑的，雖然習慣「慢慢走」，卻通曉各種文學符碼，典故，植物，鄉土，愛慾，觀光，時尚……他理解怎樣作夢，怎樣讓月光把他帶走，然後不偏不倚回到同一張床上——這讓可以在自己房間裡走失的路痴如我，難以想像。我因此一度焦慮：找我寫這本旅遊風格的書序，是在惡整我這樣的宅男嘛。

他雖然喜歡背誦我寫的〈在健身房〉開頭那句：「我們已經決鬥過了……」（然後下面的句子，照例都背不出來），但其實沒有像一個詩人那樣依賴青春熱情，也鮮少顯露血性方剛之氣。他更在意的應是技藝的熟極而流，形式與技巧都隱入細部。王盛弘親近周作人的文風，與琦君長年通信，仰慕白先勇，他自己的文字也多有文壇大家的氣勢，極少幼稚濫情，總氤氳著優雅的品味，使得南方朔不禁盛讚他是「一個有風格的作家底誕生」。儘管如此，他旅途的後車廂內未嘗不乘載著童年往事；《關鍵字：台北》說過：「我豢養小情人般地豢養著飛翔的想像……」並提到從小便一直擁有的兩個奇思異想：一是倒立著騎腳踏車，一個是住在迷宮一般的闊大屋宅裡。王盛弘這本壯遊之書，觀點可說承接上述的童年遐想而來——飛翔是快速地俯瞰全景，倒立騎腳踏車是悠閑地變換視野，迷宮住宅則是日常生活的陌生化；既涵蓋交錯了心理意志與語言結構的時空，詮釋當代旅遊風物詩意，也展現了二十一世紀初旅人們的世界觀。黑澤明的電影《夢》裡，有一個小男孩由於偷窺了狐妖的婚禮，必須走到彩虹底下去尋找狐狸居住之處尋求原諒。王盛弘自己也像是個好奇的小男孩，被美麗的景象吸引而不惜冒犯倫常；然而，他的書寫本身未嘗不是彩虹底下的狐妖，誘惑著和他一樣的男孩們。

大抵說來王盛弘的旅遊節奏是不積極的，他也認為「懶散」是一種具備美德的誘惑。其旅行氛圍大多舒適悠閑，散發著被寵溺的光澤，並不刻意鉅細靡遺的交代交通路線圖，也沒有繁雜的食宿金錢交易紀錄。「有什麼就看什麼吧。」既不是追趕行程的觀光客，也非狼狽困頓的流浪者。他在日頭最囂的時候，贊成沖繩政府所推廣的男性撐傘，認為「有了健康，才能講究男子氣概和美學」，這話語讀起來，彷彿也是對他自身文字風格的隱喻，首先講求體質健壯，根柢結實，不需特別搞笑也不搞怪，自然寫出雄渾結構，美學氣魄。心理學上有所謂「尤里西斯動因」（Ulysses factors），驅使人們逾越物質上的障礙，滿足對世界與自己的好奇心，達到智性需求。王盛弘固然慵懶優雅，卻不見得缺乏探險家的興趣，且看他在〈台北演化私人史〉中的幽微考究以及對日本庭園流派變遷的迷戀；再細讀他寫霧都時，首先提到美國作家提穆・麥克那提的〈月亮馬群，和地上的霧〉，詩意唯美；話鋒一轉便指出蔣彝多年前所見的倫敦之霧其實是「硫化煙」……如此這般，在美好的事物中，不忘檢視那些危害「健康」的可能。所以他會在回台之後，還特地到官方網站上去建議寒山寺的修整工事，也就不意外了。

王盛弘固然描寫了諸多都會生活，從夜店到地鐵，電影到書展，「像茶館裡老手，把茶水透過長長壺嘴，遠遠地拋射進茶杯裡，戛然收止，桌上不濺一顆水花」；但他更是「多識於草木鳥獸蟲魚之名」的「繁花教父」，好本事捨不得放著不用。他說：「人在路上，往往不自覺朝野草閑花望去、走去，旅途中有些場景經過多年以後還無端想起，主角竟就是植物。」植物是他的地標與經緯度，也是情緒轉移敘事發展的媒介。第一本散文集記載了當兵時寫給長官，要求自願離開辦公室冷氣房，去整理營區植物的信：「我本是農家子弟，對土地自有一份親切感，也深諳四季更迭，草木榮枯……」吐露了他的心聲本質。他還出版過一本《草本記事》，記錄他這個都市園丁的諸多園藝密技情事。有時覺得王盛弘本人的氣質也類似一株植物：枝條強健，葉片清潔，性好陽光，溫暖多汁而不花稍，幽靜多夢而無病蟲害……那些靈感通過他這個植株母體，繁衍了各式盆栽（如花盆也能種貓），扦插出一整個花季（如一百年英國園林的中國熱），永恆的春日為之動盪。

王盛弘周身光鮮亮麗，與整個時代的型男們並肩而行，內心卻不見得沒有哀愁與疑惑（他當然也曾不小心誤剪了種植多日終於等到綻放的朝顏莖幹而自責不已，宛如傷害了一名摯友似的）。幾年前他在《假面與素顏》上簽名，寫了底下這句話給我：「阿海，我想我這一輩子，是當不成人了。」我不明確知道這是「素顏」或「假面」的說法，但某些時刻他必然很希望成為某一種「人」，而擔心他永遠無法達到這個要求。旅行的心理有一部分很可能是對目前的處境感到不滿。如果十分知足於自己的生活，也不厭倦於一成不變的日子，旅行便沒有那麼必要了。是這樣嗎？王盛弘魔幻般的旅行文學其實是對無聊日常的反動？他曾在香港缽甸乍街寫到：「酒意已經退去，卻更加慵懶，我的眼光往下望向某個空洞洞的一點，想著的竟是，身在青春的邊界，自此走的是下坡路了……」我想起他很在意的薛西弗斯困境：「我只好在不變中求變化，為日子找些新花樣。」但似乎又不盡然如此，他也說：「我每天做同樣的事，因為極熟稔，反而可以從容體會事物的微小變化與美感……」旅行對他來說，是一種「新花樣」還是「極熟稔」的事情呢？或者兩者都有：「我是凡人，我是薛西弗斯……作為一個主體，有自己的快樂和悲傷。」

若說所有的苦悶都是性的苦悶（所以王盛弘說：「愛情是生命最大的冒險。」），都知道他是個美男子，正是他自己在〈天天鍛鍊〉所說：「有著美麗長尾羽的雄孔雀，怎麼捨得不展屏？」（但也沒人說帥哥就比較方便於旅行，他可能出門要注意防曬又得弄他的髮型，決定穿怎樣的衣服……）雖然王盛弘強調他喜歡單獨旅行，卻曾說：「植物也怕孤獨。」他的旅途充滿許多與陌生人互動的經歷，如去築地本願寺尋找三島由紀夫情愫，或在奧萬大和生態研究員曖昧對答——不知道讀者你讀過《一隻男人》沒有？王盛弘最樸實卻也最揪心的一本，他的赤裸真情大部分都乍洩於此書：「在人生路上，我們都在尋找一個人，可以相偕並進，可以互相扶持，可以相知相愛，我們都以為這個人遠在天涯海角；但難道他不會從天涯海角走來，走到你的身邊，與你擦肩、與你交換一個眼神，甚至身上的熱度？」我當年讀了深深感動，迄今也仍認同他的結論：「情人是街上最美的風景。」那「一隻男人」來來去去，看似「桃花盛開」不可一世，據我所知，那麼多篇章恐怕寫的都是同樣的幾段揮之不去的戀情而已，思之豈不更顯純情？（難怪楊佳嫻曾戲稱，那些都是「王的男人」！）王盛弘的獨特技巧迷障會給我們錯覺，越是簡單其實深邃，彷彿平易其實精巧。所以讀王盛弘的散文，不可淺嘗輒止，一不小心就像是疏忽錯過包裹於時光膠囊中的日式庭園，他自己描寫的建仁寺東陽坊：「若不知典故，那實在是一座毫不起眼的破房子啊。」

此書後記裡王盛弘寫到：「至於行前……收拾好屋子，臨出門時為盆花澆個濕淋淋，並在桌上擺顆青蘋果。」初讀到此段，一方面被「濕淋淋」的聲感所誘，一方面更在意這顆來得突然，不言可喻的「青蘋果」（原以為是山中樵夫看仙人對奕，一晃眼人間已經如何朽爛的老梗）；但王盛弘的仙遊每每趕在腐爛之前，回來時青蘋果正好熟透了，旅行經歷使知覺敏銳，打破往昔累積的刻板印象，生活與創作相互迸發香氣，平凡日常又復變成樂園。寫作之路需要一些幻想的熱情，燈光太亮可能令人絕望，但願我們常在夢遊中。宛如學生時代的大隊接力，沿途為那些隊友們聲嘶力竭搖旗吶喊，你也在那個隊伍之中，變得不孤單了，起跑時所有的心跳同時加快，通過那個不斷被傳遞的棒子你們融成一體。又有人出書了，又作夢了，在寂寞的夜色裡，有人還在把棒子遞交給我們，不知道命運接下來帶領我們前往哪座城市？十三座城市之後呢？王盛弘的神情堅毅，步伐穩定，恍若最初那個在家鄉屋脊上月光下隱約有異物慢慢甦醒問候此世界的男孩，就算偶爾失眠，也必然會繼續夢遊下去。

②

我九歲去到香港，每在假日於建築的遮陰裡目睹一匹匹
這隱匿區的~~孩群~~群象，不免感到新鮮而驚嘆於牠
們改寫了樹蔭的定義，好像紅尾鷹 Pale Male 在紐約
中央公園旁第74街與第五大道交叉口的大廈上築巢，亦
任地啄偷花鄰。兩者都是水泥叢林的詮釋者，現
代都會的表徵，環境變遷的見證。
~~但這些 但這些 那~~ 但這些卻整個這裡充塞、漂流的

輯一

人潮，曾經將我的情緒推向高峰，令人迷惘的人群令我感
覺到窒息，遂打算避開人群，到離島散散步。
南丫島是距香港~~島~~最近的~~離~~島嶼，可搭快艇或渡輪
前往，沿途的椰樹林~~只有~~幾年前初履香
港，曾讓朋友領着，在椰樹林~~間~~大啖海鮮，
豐盛、熱鬧，很有台灣鄉下小鎮的市井氣味。
來到天星碼頭，卻發現氣氛十分冷落，天光穿透窗玻
璃落在樓梯間，塵埃在空中翻動。回到街頭，請
教了一名警察，態度和善地他告訴我，天星碼頭已經
拆了，到南丫島，去ifc（國際財經中心）對面的中環碼
頭搭快艇。匆匆朝他遙指的方向走去，沒有給
~~這座~~這自去世半世紀的碼頭最後一瞥，懷舊是佳無處着
詩意，但這裡我卻是只是的
的人們都匆匆擠推着我往前，匆走，欲懷舊
也得有着力點。

要嘛他一言不發

襄陽市場裡這些氣質歐巴桑歐吉桑，人生閱歷看盡，不以蠻力而以技巧勝出，要嘛他們一言不發，要嘛就是有了九成的把握。

一開始我便被大大地挫了銳氣：朋友看中一只側背袋，老闆娘漫不經意地說，四十八元（人民幣）。那種不經意，是你買也好不買就算了。行前，當地朋友交代，襄陽市場裡一聽見台灣口音，價錢立馬翻倍，我腦中一盤桓，三到四折應該合理，出口開價二十元。

誰知老闆娘一變臉色，一副老娘今天不作你生意的形貌，揚聲說，你是來搗蛋的是吧！二十元，你拿來賣我啊，你有多少我買你多少，你載一卡車來我買你一卡車，你載兩卡車來我買你兩卡車……刀刀劍劍，刮得我雙頰發赤，有些話也聽不清楚了。只知道末了，她緩了緩口氣，下個總結：你再開個價吧。論辯這場仗我不善打，搖了一搖頭，說聲改天吧，總算維持住了風度。

隔天，參觀魯迅紀念館時，發現他的地位驚人的崇隆，無有其他作家可以比擬。魯迅逝於一九三六年，若他待到中共建國後才過世，情況應該會改觀；這點毋須爭辯，毛澤東已經下過註腳：要嘛他一言不發，要嘛在坐牢。卞毓方寫過文章〈陽關道上的橫眉〉，引了這兩句話，結果審查沒過，見刊時代之以省略號。我在上海四界買文學雜誌，雜誌裡一本夾一張小紙片，「品質合格證」，書名印刷廠地址郵編電話，和檢查員代號。

在這樣一個看似沒有說話自由的國度，人人說起話來卻一點不含糊。

不只不含糊，根本很厲害。

就莫說襄陽市場裡的個體戶了，南京東路上的乞丐一方面態度卑下乞憐，一方面卻也心戰喊話：老闆行行好周濟我幾塊錢吧你所費不多我生活改善你善有善報。或是文藝營裡，我問起學員上課情況，一致是老師講了些什麼印象不太深，大陸學員發問的氣勢印象倒不太淺。一個台灣學員說，他們排山倒海，完全是有備而來。

行前大家還戲言，要反攻大陸，拯救苦難同胞於水深火熱之中，把青天白日滿地紅的國旗遍插在神州。這下子，連個灘頭堡都攻不下來了。

襄陽市場裡是一個例，南京東路上也是一個例，文藝營中是另一個例，都是炮口對著「呆胞」；終於，一個夜裡在淮海中路，目睹了他們「自殘」：大馬路旁圍著一群人，裡一圈外一圈，我也好奇，踮起腳尖伸著脖頸張望，一個是警察，一個是百姓。聽了好一會兒，不能確知他們爭論些什麼。只知道警察取締交通違規，百姓自知理虧，但是警察說一句，百姓說兩句，警察說話心平氣和，百姓說話高八度。後來百姓說，我知道我錯了，但你就照我的意思辦吧。警察不肯，百姓氣極了：「你這樣做，我們國家的體制可怎麼辦？」還有這款的！

我有事離開一會兒，再回來時，仍然圍著一圈子人，一看，警察已經不在，那個百姓正在向其他的老百姓演講，大談警察應該如何如何云云，有人點頭，有人抗辯。

就在那幾天，我在報上看到一個數據，四十二。

大陸警察壽命遠低於平均值，只有四十二歲。

準備回台在機場大廳裡，一群人聚在一起展示襄陽市場的斬獲，老師級的幾個人最意氣風發，開價六百多元而以一百出頭成交，大家驚呼一陣。這些氣質歐巴桑歐吉桑，人生閱歷看盡，不以蠻力而以技巧勝出，要嘛他們一言不發，要嘛就是有了九成的把握。

每個球都會癢

大抵每個城市都有些習慣不言自明全民運動一般地在各個角落進行著。

和平飯店斜對角、南京東路口高懸著一張告示牌，遠遠眺見這樣一個在我心中招搖程度直逼「中國人與狗不得進入」的提醒，我眼光一亮，隨手便掏出了相機。

告示牌上親切地叮嚀市民：做個文明人，勿要隨地吐痰。

是抵達這座城市第一個晚上，旅店中安頓好之後，打D急著見識夜上海，確定了是計程而非議價，四人一組上了車；不多時後，司機便清起了喉嚨，咳，咳，咳，頗有點吊嗓子的意味，咳，咳，咳，聲音由微而巨，由斷裂而綿長，待將喉頭的不知是痰還是唾沫集中至舌上，搖下車窗，轉頭，然後一個拔尖，往窗外「呸」的一聲是最高潮；第二回合，他不吊嗓子了，他用鼻子吸，三兩聲巨響，又是轉頭，又是猛用力一吐，這回卻炸在了後車窗，孢子囊爆開，花火盛綻，接著反高潮地慢慢流淌下來。

高懸的那張告示牌，當然就是給像這位司機的人看的，但是當我拿出相機準備獵奇，他卻已靈活地方向盤一旋，將它抛諸腦後，照後鏡也望不見了吧。

大抵每個城市都有些習慣不言自明全民運動一般地在各個角落進行著：在英國，到處看見人們啃指頭，倫敦泰特美術館警衛，玩膩了拼字遊戲，也將指頭往齒間送，悠然神往不知所終；連《魔戒》中那個演佛羅多的伊利安・伍德，也指甲短短醜醜，誰知是不是自小咬壞的？在東京，短短幾日走逛，看了三回男人隨處便溺：夜燈照拂的邊陲地帶一杵，一身深色西裝，個子不太高，稍有點腰圍，左腋下夾著公事包，右手持傢伙，暢快到底。台北呢？大家挖鼻孔？明明是煙囪積塵需要打掃，樂此不疲的樣態卻讓人看了好像那裡是一座礦：從上海回台灣飛機上，就目睹座位不多遠處一名氣質歐巴桑，翻看雜誌，無限悠閒地，便挖起了鼻孔，三五下後，心理武裝了起來，匆匆將食指放下。

許多年前我看過一部電影，是《窈窕淑男》女生版，女孩喬裝男孩不得要領，男同學為她檢視，發現扮相沒問題，問題出在舉止，他要她不時抓抓下襠。男同學權威地說：「每個球都會癢。」字幕這樣打出時，電影院裡一場哄笑，想像女孩子大概有點尷尬，男孩或有深得我心之慼。如果將那行字幕改成「每個指頭都會癢」、「每個膀胱都會癢」、「每個鼻孔都會癢」，或是「每個喉嚨都會癢」，不知道被指涉的這些人那些人，還笑不笑？

像小鳥唱歌不一樣

混亂，其實是常態，微如毫髮分叉斷裂乾澀粗糙，巨如城市，比如交通，是所有大城市都要面對的大問題。

一出機場，聲響便鋪天蓋地籠罩而來。方才，甫下飛機，透過落地玻璃窗與上海有了第一個照面：筆直聳高不著一葉的楊樹，穿深色大氅的公安，青空中的飛鳥，盤旋而升而降的高架道路，這一切都像給鎖進時光膠囊或凍結於堅冰裡一般。但一跨出機場，全活絡了起來，不只是活絡，是鼎沸，隆隆轟轟，音響把可容納它們的空間全占據了。

多半是喇叭，叭叭叭，好不耐煩地，叭叭叭，幾次打D，目睹司機急不可待地變換車道，叭叭叭，急不可待地猛壓喇叭，叭叭叭，我都把阻止的話給吐到舌尖了，而又終於嚥下：勸說本身總是帶著一種居高臨下的姿態。出遠門，難免對異地上下打量，而後發出讚歎，或輕輕地搖了一搖頭。這種事看在眼下放在心上，可以，若還想出言指導人家日常生活怎麼過，未免太不識好歹。

幾天後的一個夜裡，幾個人和一名當地朋友來到新天地，就坐星巴克臨馬路的露天座位上。朋友說起普通話滴溜溜地轉，「好像小鳥唱歌一樣」，正是我的台灣朋友與上海姑娘打過交道後，頻頻說起念念不忘的。你喝拿鐵我喝茶，賈植芳陳思和文學的傳承，張鈺黃健中娛樂圈的潛規則，天北地南。不幾步路距離外，車輛還在那裡叭叭叭，叭叭叭，多半時候我們沒有聽見了；聽見時，也覺得並不那麼可憎，好像已是風景一部分。

在這樣好心情的催化下，一時我突然感覺到，這些那些喇叭聲，其實是這個城市突變出的一種新語言，它們不只催促和急躁，也有關愛與寒暄，說著小心點兒啊你好嗎之類的話。

混亂，其實是常態，微如毫髮分叉斷裂乾澀粗糙，巨如城市，比如交通，不獨兩千萬人吃喝拉撒的上海，而是所有城市都要面對的大問題。比如見過最混亂的局面，也不在這個場景裡：二〇〇一年花都第一瞥，瞥見蒙馬特於下班時間陷入爛燒鍋，舉目烏煙瘴氣，草葉枯萎，苞蕾等不到盛開的早晨；或是愛丁堡，王子大道上車輛無視於行人，行人無視於車輛，號誌燈只為自己美麗；香港也是，馬路既窄且曲折，人口稠密人潮洶湧，車輛往往就從身邊擦過；或是東京，或是倫敦，巴塞隆納與台北也都不例外。

唯一例外的是新加坡，生平第一回被車子讓路先行，便在新加坡，我狐疑自己接收了錯誤的密碼；要等到六年之後，我才在台北享受到這樣的禮遇。

但是新加坡，也有它自己的問題。

寒山寺

我往工人群裡走，去看那一堆堆廢柴殘磚破瓦，紋路宛然，不知道哪一片曾經張繼撫摸過？

二月間，抵達寒山寺時已經中午，但空氣清冷好像台灣冬天的早晨，寺院裡工人進進出出，身上臉上敷著薄薄汗水，想必忙過一個早上了。

我並不能欣賞他們的勞動，甚至心中有些毛躁，有些嘀咕。當地的朋友告訴我，你如果早三年來就好了。為了聯合國教科文組織三個月後將在此地召開的會議，舉目所見，整個蘇州市成了個大工地，掏耳朵清肚臍一般，安全島邊沿悉數挖起重置，陰溝大力疏通並更換溝蓋，還有幾條馬路世界末日般地被毀了容。

一路上我漫不經意地抱怨著來得真不是時候，但其實並沒有什麼真正不高興的理由。

唯獨目睹寒山寺的工事時，很不能安靜。朋友說，寒山寺太有錢了，才會這樣搞法。我往工人群裡走，去看那一堆堆廢柴殘磚破瓦，紋路宛然，不知道哪一片曾經張繼撫摸過？仔細一看，有些破損痕跡還是新的，私心裡是想撿一片回家珍藏，把個人慾念抹去，便罵咒起了這樣的修整法。尤其登上佛塔，望見工人正在鋪步道花磚，與這廟寺靜穆莊嚴的氣氛格格不入，心裡更湧起了嫌惡。

其實哪裡還有靜穆莊嚴？觀光客如錢塘江潮或許是必要之惡，但自高處往四界望去，卻發現屋檐都讓透明塑膠管給圈起了輪廓，塑膠管裡有小燈泡。當天色變黯，這裡也像豫園商圈朝觀光客招手的姿態嗎？或是淡水河邊林立的賓館餐館？如果再有一套伴唱機，兩碟大腸頭五花肉，三瓶啤酒，四個夥伴，就可以打麻將唱起陳小雲的〈舞女〉了吧——

打扮得妖嬈模樣，陪人客搖來搖去，紅紅的霓虹燈閃閃爍爍……

●

回台後，寒山寺仍舊掛在我心上，午夜蚊子聲一般揮之不去。總得想個辦法吧。打了幾通電話求援與諮商，都落了空，遂寫好以上文字，貼到寒山寺的官方網站，約莫二個星期後，寺方有了回應：「台灣朋友的建議，我們已經鄭重遞交給方丈室和市政府有關部門。讓我們共同期望寒山寺建設得更如法，蘇州古城更美麗。」雖然短短數語，但語氣是誠懇的。

每個人的力量都很微薄，但不能掩其力量的本質。

壓力發電廠

超長的工時、超侷促的空間、超爭競的資本主義現實，每個人累積了大量的壓力，當夜幕低垂，壓力釋放而成電力，嘩地整個香江燃燒了起來。

搭上自赤鱲角機場前往尖沙咀的巴士，正是天光與夜黑交接的魔術時刻，遠處近處海上陸上，燈火漸次亮起。一俟從離島駛進市區——我彷彿聽見自己心裡有了一聲「嘩」——積木一般、鴿子籠一般、熱帶雨林一般的大廈，一扇扇窗口散射出光線，裝點得這個城市玲瓏剔透。

旅館 check in 後，匆匆地幾個人趕著赴天星碼頭乘小輪到離島啖海鮮，回程，看著岸上燈光朝我們逼近，不斷地逼近，不斷地，乘客都伸長了脖頸探出船外張望，我們一夥人幾乎同時發出了「嘩——」，低低的，讚歎眼前所見這一個琉璃世界，好具象地把資本主義的極致、「東方之珠」的美譽展演了出來。

「嘩」得太早也太快了，便暴露出觀光客的底細、沒見過大場面的馬腳。第二天晚上登太平山。一站上山巔，俯瞰，貝聿銘的中國銀行、匯豐銀行、力寶中心、萬國寶通廣場……無數叫不叫得出名字的建築炫耀似地幻變著燈光，建築後方是維多利亞港，稍遠處，九龍。天空好像倒轉，我們站在星雲之上。這壯麗的夜景幾乎帶著力道，一種威脅，使我略感到激動，張口、搖頭，只能這樣而不知如何形容了。

難怪難怪，香江夜色與日本函館、義大利那不勒斯鼎足為世界三大，且居三大之最。也不只夜色，在許多質化量化的統計中，香港皆排名在前，比如上世紀末美國《國家地理雜誌》選出全球五十個「真正的旅人此生必遊之地」，香港便名列「不朽之城」第二位，僅次於有高第、畢卡索、達利、米羅的巴塞隆納；又或者，它的食肆、高聳建築群、房地產價值，乃至於人口密度，都令人側目。

其實香港總面積有台北四倍大，而人口只有台北的兩倍，但其中逾七成為郊野，更有四成是郊野公園受到保護，人口遂高度集中——集中於世界三大天然良港之一的維港腹地，走在中環、金鐘、灣仔、銅鑼灣，有一瞬間以為有一場熱門音樂演唱會甫散場，觀眾全湧到街頭了；集中於半山腰，搭山頂纜車上太平山時，纜車攀爬高達四十五度角的斜坡，錯覺兩側春筍似地竄長的大樓，全都要壓到車廂來了；集中於沙田、荃灣等新市鎮，一個日正當中我站在黃大仙廟附近天橋上，舉目四望，井字型超高建築群直如通天寶塔林立，令人眩暈……

就是這些，造就了無與倫比的華麗夜色。美國曾有一部念不出名字的電影 *What the #$*! Do we know!?* 試圖藉量子物理學的理論，宣稱實在界其實是心靈的反映，票房超過千萬美元；我覺得，不管是文學上的象徵意義或實質上，呈現在我們眼前的香江夜色，則根本上就是港人壓力的反映。超長的工時、超侷促的空間、超爭競的資本主義現實，每個人累積了大量的壓力，當夜幕低垂，壓力釋放而成電力，嘩地把整個香江燃燒了起來。

幾年前，一則以手機偷拍的七分鐘短片在網路流傳，網友爭相點閱，短短一個月內破了七百萬人次，《紐約時報》與英國《衛報》皆有醒目報導。那是一名在香港巴士上高聲講電話的歐吉桑遭後座青年勸止後，惱羞成怒，狠狠地斥責了青年一番，直到手機再度響起方休。巴士阿叔一長串怒罵中有：「你有壓力，我有壓力，你做乜挑釁我啊？」又說：「未解決！未解決！未解決！」流行一時。港人看了，除了獵奇、搖頭之外，也有幾分心有戚戚焉吧！

幾日在鬧區瞎拼瞎走之後，我決定暫別人群，自己一個人到大嶼山一日遊，地鐵轉巴士，綠樹逐漸取代建物。天壇大佛、大澳漁村一一去了，傍晚，在梅窩等船回中環，天空完全暗了下來，天色水色一片深藍色，天上有星星微笑，水中倒映燈火款擺，我深深吸了一口氣，空氣中飄蕩著草菁香味，沒有「嘩」的一聲驚歎，但覺身心取得難得的和諧。

船來了，且讓我再待一會兒，改搭下一班吧。

這時候快樂占上風

我幾度去到香港，每於假日在大型建築的一匹匹遮蔭裡目睹這龐巨而歡快的群眾，總是感覺到新鮮而驚歎於她們改寫了「樹蔭」的定義。

十月間一個星期天，我打算到南丫島走走。

穿越皇后像廣場前地下道要往天星碼頭時，突地躍入眼簾的景象，冷不防嚇我一跳。這是個壯觀的場面，一叢叢一簇簇，難以計數的女人分據通道兩側，幾名警察來回走動，悠閒地。

女人們在地面鋪平報紙、大型塑料袋，站著坐著躺著，讀信，分享料理，為對方按摩，結辮子，掏耳朵（沒有惡意地我想到動物園裡猩猩猴子為同伴搔癢抓蝨子），午寐的人在上半身打一把傘擋遮，但幾乎所有人都在咕嘰咕嘰大聲說笑，自然也唱歌：清唱，或佐以簡單的伴奏如僅僅以兩根細木棒敲打地面，興起時，裸足跳起舞來。物質條件看起來是簡陋的，但快樂由自己書寫。

她們是菲律賓女傭，香港外僑圈最大族群。珍・莫里斯的《香港》說，早在一八四〇年代（米字旗於一八四一年在香港升起），怡和洋行「就僱用菲律賓人做警衛，而菲律賓樂師更是向來在香港有一席演奏之地」；王家衛電影《阿飛正傳》以一九六〇年代為背景，主角張國榮前去覓尋身世解答的國度，正是菲律賓。我幾度去到香港，每於假日在大型建築的一匹匹遮蔭裡目睹這龐巨而歡快的群眾，總是感覺到新鮮而驚歎於她們改寫了「樹蔭」的定義，好像紅尾鷹Pale Male在紐約中央公園旁東七十四街與第五大道交叉口的大廈上築巢，與伍迪・艾倫為鄰，兩者都是環境變遷的見證，水泥「叢林」的詮釋者。

但是，這裡那裡鬧區裡充塞、湧流的人潮，曾經將我的情緒推向激昂，卻也逐漸讓我感覺到疲乏，遂想避開人群，到離島散散步。南丫島是最鄰近香港島的島嶼，可搭快艇或渡輪前去，泊於榕樹灣、索罟灣，幾年前初履香江，曾讓朋友領著，月掛枝梢時分在索罟灣大啖海產，鬧熱、澎湃，很有台式辦桌的市井滋味。

來到天星碼頭，卻發現氣氛十分寥落，天光透過窗玻璃落在樓梯間，灰塵於光中翻攪，鐵門拉下阻去前路。折返街頭，我請教了一名警察，態度和善地他告訴我，天星碼頭馬上要拆了，南丫島啊，到ＩＦＣ（國際金融中心）對面中環碼頭搭船吧。「觀光客節奏」滴答滴答催促著我朝他遙指的方向匆匆走去，沒有給身後歷經半世紀歲月的碼頭最後一瞥。

懷舊固然氤氳著詩意，但我身為一個倉促的過客，欲懷舊也沒有著力點。

三十分鐘後，快艇駛近榕樹灣，遠遠眺望，島嶼籠罩綠意，屋宇三兩自草木之中露出端倪，嶔崎偉岸的卡其色岩礁，清透如水晶的藍空，海水湛綠，碎浪花白，一派熱帶風情。前幾回到香港都在暑夏，太熱太濕，這次是秋天，不缺陽光但不至於熱，風吹來很舒爽，不過，一下船，那個遠離塵囂的念頭馬上沒了頂。

哪裡還有什麼風景優美怡人，兼且交通方便、都市人容易企及的所在，於假日尚能保持它敞空、幽靜的本色？轉念如此自問，也就欣然接受眼前的繁華了。

一如洋人搞不清楚中國人日本人韓國人，我分辨不出的美國人、英國人、西班牙人等老外為主，很自然形成一條有去有回的「輸送帶」，我將自己「送入」人流裡，一路上東張西望，最終給「運送」到了紅聖爺海灘。這裡更是熱鬧非常，最外圍的是擺售各種物品、冷飲的素人攤販，靠近海灘則搭起簡單野台，主持人透過麥克風震天價響說話，間雜樂團演奏，數百公尺的海灘一樣擁擠著人，全家出遊或愛侶結伴，個個把臉龐、肩胛烤成淡淡粉紅色，喝啤酒、吃烤肉，擲飛盤、打沙灘排球，孩子們嬉鬧，簡單的追逐也把自己逗得樂不可支……

怎麼能夠這樣快樂呢？

人生恁多苦楚，每在路上，我看見一個個人身上背負著深深淺淺的傷痛，而自不量力生出悲憫；還好，總有某些時候，歡愉占了上風，地下道裡那些膚色暗沉像抹了灰的菲傭、海灘上只穿金色日光的洋人男女，自有他們卸下重軛、喘一口氣的片刻。

徐徐海風和薄陽把我哄得欲睡昏昏，我索性尋了個角落在沙灘上躺平，寤寐之間，笑鬧聲似遠還近不曾間歇。醒轉過來時，天光已在做最後的掙扎。我搭上回香港島的快艇在海面奔馳，一船乘客睡得東倒西歪，那些還醒著的，發怔望著自己的手指頭、看似凝視遠方卻沒有焦點、呆呆楞楞再做不出任何表情。午後的火焰已然熄去冷去，這時候只覺得好疲倦好疲倦。

青春的邊界

當時沒有太多出國經驗的我們都好開心，笑著鬧著很不知憂地，見證世界如卷軸一般在眼前鋪展開來。

一行三人沿雲咸街直晃到了荷李活道，終於發現緩降而去的鉢甸乍街，走上斜坡道，才幾步路，自麗心花坊左轉進僅容兩人側身能過的墨色甬道，眼前的酒吧便與記憶中的那一個重疊，然後取代。

很盡觀光客本分地，海港城裡瞎拼淺水灣日光浴天星碼頭搭渡輪太平山上吞Haagen-Dazs荔枝新口味冰淇淋看夜色在身前緩緩亮起，回到飯店已經不早了，沖澡晾涼，又興匆匆趕末班地鐵到蘭桂坊，飲酒傾計落D跳舞，但真的累了，一瓶啤酒下腹，奔走竟日孕在軀體內裡的疲憊瞬地被催化得瓜熟蒂落。管不得眼前青春正盛，我退出酒吧，席地坐在鉢甸乍街的石級上，蒸發淡淡的酒意。

石級在悠悠吐著熱氣，風輕輕吹，讓汗水打濕的背脊一陣陣發冷。

這會兒的缽甸乍街，和白日裡是兩個模樣：幾年前，差不多同樣這一夥人，我們自皇后大道中拾級往上，僅能一人旋身的小鋪林立窄街兩旁，五顏六彩什物發散著傖俗的氣息，掩不住經久蒙塵的況味，觀光客熙攘，店家卻兀自打著瞌睡，臉上描寫滄桑，但是沒有太多出國經驗的我們都好開心，笑著鬧著很不知憂地，見證世界如卷軸一般在眼前鋪展開來。

這會兒的缽甸乍街，比起白日更歡快亮麗幾分，身後一家露天酒吧正實況轉播歐洲盃足球賽，歡呼和惋歎不時如啤酒泡沫泉湧而出，幾家夜店前隨時麇集著人群，潮一般散去復又圍攏過來，一個個男女必然是時尚雜誌上脫身而出的，把這凹凸不平的長街當伸展台走，然而，多半喝多了，一雙雙腳步顛躓踉蹌，有幾個弓腰往街旁吐了起來，還有一個，前一刻還嚷嚷著不需要人扶他，下一刻，他倒在路面，睡得同伴莫可奈何。伴著節奏分明的樂音，笑鬧聲未曾中歇，好揮霍地在浪擲著青春。

才幾年，彼時領我們暢遊香港的那名朋友，如今是只知曉同在一座城裡卻完全聯繫不上，其餘成員都到齊了，但心境並不一樣，話題也不一樣，一路上聊的，許多是青春遠颺、人近中年的焦慮，每年出國兩三次也使得情緒不復當年熱烈，所依憑的，只能是相處日久、同情與理解日深的友誼了。

我席地坐在缽甸乍街的石級上，白日裡全無的涼風一陣陣吹來，衣衫乾透，舒爽許多，麗心花坊後頭，高高立著一株我好努力辨識卻始終無法喚出名字的大樹，葉子一面吃了夜色而成墨綠、一面濡染月光而銀閃閃，在風中翻飛，聽不見卻讓我看見了它在啪啪啪地響著，不時有幾片葉子飄落，東搖西晃抵達地面，似有頭緒地我冒出兩句忘了誰寫的詩：最是人間留不住，朱顏辭鏡花辭樹。

酒意已經退去，卻更加慵懶，我的眼光往下望向某個空洞洞的一點，想著的竟是，身在青春的邊界，自此走的是下坡路了……耳邊響起朋友的呼喚，啊，你在這裡啊，回去跳舞吧，正好玩呢。我起身，朝上坡朋友處走去，我們摟著彼此的肩膀，這樣才感覺到踏實，走著走著，便隱進舞曲鬧響的黑洞裡去了。

最好的季節

什麼時候出發，什麼時候就是最好的季節！新葉固然富於生之喜悅，繁華褪去，將凋將殘、將凋將殘之前的奮力一搏，也有不俗的美感。

自銀閣寺前至若王子橋，踅過哲學之道，暮色漸沉，視線濛上一層灰；驀地，小巷口屋角牆根幾株草本打了聚光燈般招引我的注意：一尺餘高，不歧不蔓，疏疏落落幾張狹長綠葉一路往上長，端頂一簇散漫黃色花瓣，煞是奇特；植株前插一張木牌，法書寫著「周边大糞花」，這題名看似不雅，卻隱隱透露出一股風雅。

「大糞花」三字旁還像老師批改作文似地，在嘉言警句旁畫了空心小圈；我蹲下端詳，思忖著，取這名字多半是為了防遊客摘採，好似台灣鄉間在將熟果子旁繫紅色布條警告說剛噴灑農藥，有毒！可是，這幾株似花瓣而實為葉片、說是草又有莧菜身影的植物，是什麼呢？

人在路上，往往不自覺朝野草閑花望去、走去，旅途中有些場景經過多年以後還常無端想起，主角竟就是植物。比如東京地鐵目黑站旁一塊畸零地上一大叢煮飯花，撞見那時正是黃昏時分，一蕊蕊盛開；這麼多年過去，它們還是每逢傍晚媽媽下廚時分就會綻放吧！又比如那年九月十一日，也是魔術時刻，在愛丁堡近郊濱海小城，我貪看出牆幾朵玫瑰，花園盡頭落地窗，薄薄窗簾拉闔，但電視螢光無聲洩漏；回宿處後，房東急匆匆敲我房門，拉我看電視，一架波音747撞向一棟摩天大樓，緊接著第二棟；莫非愛丁堡濱海小城有玫瑰花園那戶人家，彼時螢光幕裡映演的，便是這一遍又一遍重播的畫面？就因此，那些無邪玫瑰花便與烽火在我腦海裡疊影，不請自來。

這一回到關西，是在秋分剛過日子裡，天氣舒爽，涼而不至於冷，出太陽但蒸不出汗水；朋友問我：「怎麼不晚幾個禮拜再去，有紅葉可看；或等明年春天去趕櫻花季，啊，那場面！」我回他：「別到時候只看到了觀光客，」沒有紅葉或櫻花，我並不覺得可惜，「有什麼就看什麼吧。」什麼時候出發，什麼時候就是最好的季節！新葉固然富於生之喜悅，繁華褪去，將凋將殘、將凋將殘之前的奮力一搏，也有不俗的美感。

事實上這一路走來，從沒少過花蹤草影：唐招提寺的萩一大蓬一大蓬越過矮竹欄，侵到小徑上，素樸小花紅的白的隨風招搖卻不招搖，把這座寺院更襯得幽深有味；志賀直哉舊居後院一朵芙蓉，靜靜任雨水澆灌；清水通防火巷口一盆西番蓮藤蔓攀著水管往上，開出一蕊艷異花朵；三年坂一戶民家門口錯錯落落擺一群盆栽，一種我看著眼熟卻支支吾吾叫不出名字的草本，小燈籠一般結著紅色果實，精緻雅致；奈良藥師寺的茅草、三十三間堂的犬蓼稻禾合植，纖細、修長，秋就在它們於風裡微微晃動中，輕輕漫溢開來。

或是朝顏。日本植物中，名字嵌進「顏」字的，至少有四種，除了朝顏，還有晝顏、夕顏、夜顏，皆以開花時間為度，分別是牽牛花、日本打碗花、扁蒲花、天茄兒。傳說採下日本打碗花，吃飯時候會打破碗，故名；扁蒲即瓠瓜，餐桌上常見的菜蔬；天茄兒又稱月光光，傍晚開花。

日本茶道宗師千利休（一五二二—一五九一）庭園裡朝顏開得燦爛奪目，豐臣秀吉得知，命千利休舉辦茶會；但當豐臣秀吉到了會場，卻發現園中朝顏被摘得一朵不剩，為之震怒；待他進入茶室，看見陶瓶裡插著一朵清新朝顏，震怒轉為震驚、歎服。這種日本式生花美學，韓國人李御寧說的——「縮小了盛開宇宙之美，將瞬間放置到自己身邊的慾望」，我試著體會，但難有共鳴。

這時候，秋風吹起，朝顏已經準備退位；也正因秋意，裝點出它的詩意。東大寺二月堂、三十三間堂都將朝顏栽植在長條盆裡，放置窗前地面，在盆裡埋下一道道繩子綁到窗檽或檐下供藤蔓攀爬，形成一張綠簾；這時節只剩花朵兩兩三三，裂葉邊沿有黃色褐色枯槁痕跡，蒴果飽滿，幾顆黑色種籽靜靜躺於地面，我彎身拾起，日後若栽在自家庭院，花季時邀朋友前來觀賞，「這株是奈良東大寺二月堂的，那片是京都三十三間堂的後代。」想起來就覺得風雅；朋友中若有識者，輕輕發出了一聲讚歎，好疼惜又好羨慕地摸撫花葉，「啊，二月堂的呢。」「啊，三十三間堂的呢。」我心裡更有點得意了；接著朋友小心啟齒，「那，等它們結了種籽，可以送我幾顆，讓我在自家養著賞玩嗎？」哈哈哈，我掩不住驕傲了，豪爽說：「那有什麼問題。那有什麼問題。」眾人跟著都笑了，都說他們也要。

幾個人移步到桌案前，坐定，輕啜抹茶，呷和菓子，談笑，晨光透過綠簾，在地面、在桌腳，在我們的腿脛上映出一個個細細碎碎的光點，隨翻飛的風閃著爍著。

朝顏退位、萩花謙遜，這秋分剛過時節，最為搶眼的，非彼岸花莫屬。

初抵關西機場，搭巴士前往奈良，天氣「曇」，車窗望出去，景觀單調，天與地都抹了灰，直到下高速公路進入郊區，一塊一塊稻田躍進眼簾，那景致！稻穗飽實而低首、葉片仍如一支支箭矢往上，金色主調，微染鮮嫩青綠，好美好美。引起我心頭一陣又一陣雀躍的，則是田壟上這裡一蓬那裡一簇紅色彼岸花，見花不見葉；後來在唐招提寺前往藥師寺途中、藥師寺附近稻田田壟上，都發現它們自開自落，野草也似、野花也似。我是種過彼岸花的，父親帶回家的球根，平日裡只有綠莖綠葉，呵護著照顧著，只等著它一年一度盛開；我們當它家寵，絕非眼前這般放任田間野地裡生長的景況。

後來在京都塔大樓書店買到一冊《銀花》季刊，第六十七號，昭和六十一（一九八六）年九月三十一日發行，主題是「東京的雜草」，發現彼岸花名列其中；雜草專家稻垣榮洋著《身邊雜草的愉快生存法》，也有彼岸花身影。原來，彼岸花是以雜草身分定居日本的。

雖說是雜草，但它落花後無法結籽，繁殖都靠地下根，而能以原產於中國長江流域，二千餘年前引進北九州島，目前普遍見於全日本，還是透過人力。因為彼岸花的地下牽引根可以聚合土壤避免流失；分泌的化學物質能發揮「異體受害」功能，抑制雜草生長；地下根有毒，鼴鼠等在田壟掘洞的小型動物會避開它；但雖然有毒，人卻可輕易去除，更因為富含澱粉，反倒成了救荒本草。藏有彼岸花地下根的土壤緣於建築工事等原因運到各地，而助長了拓延。

彼岸花之所以如此命名，是因它盛開於秋彼岸時期（春、秋彼岸，各在春分、秋分前後三天，共一周），我是誤打誤撞闖進了它的花季。除了紅色彼岸花，我在哲學之道還看見白色彼岸花，猗歟盛哉！紅色彼岸花又稱「曼珠沙華」，白色彼岸花則為「曼陀羅華」。「曼珠沙華」語出《法華經》，意為開在天界的花；但其實，在它眾多別名中，也有幽靈花、地獄花等稱號，除了因為秋彼岸是日本人上墳的日子，彼岸花常開在墓園，更傳說它是唯一自願投入地獄的花，被遣回後，徘徊在黃泉路上，開花給逝者指引和安慰，是「開在冥界三途河邊、忘川彼岸的接引之花」，花香據說有魔力，能喚起生前記憶；又因花葉兩不相見的特性，被稱為「無義花」、「老死不相往來」，在日本它與分離、死亡繫結，是喪禮用花。

很少有植物一如彼岸花，如此美艷，附會於它身上的意涵卻又如此淒厲。

離開京都前一日，去了一趟府立植物園；一踏進大門，波斯菊盛綻鋪展於近前，極目處是林木幽深，啊，我這個行色匆匆觀光客，留了太少時間給它了。走著逛著，看見遠處一片繁華，奔向前去，發現這些比我個頭還高的植物，就是前兩日在哲學之道附近小巷遇到的「周边大糞花」！但它不僅有黃色品種，紫紅色品種更顯繽紛，還有各色雜陳的；我將名牌上學名抄進筆記本：Amaranthus tricolor cv.。種進記憶深處。

當晚收拾行李，掌中握著那幾顆拾來的朝顏種籽，猶豫、掙扎，闖關就是違法了，但是，但是要我扔棄它，又怎麼捨得呢？我坐桌案前，凝視黑色種籽，陷入了長考。

華頂山渡口

「最」字像下了迷藥，引人忍不住追逐；它以好大的口氣在向觀光客喊話：錯過了遺憾。

前一日走迷了路，乾脆順道前去銀閣寺，在沒有櫻花紅葉遂阿彌陀佛也沒有如魚汛觀光客的哲學之道盤桓到日落；隔天，又不死心地專程來到位於華頂山麓的知恩院，因為這裡有全世界規模最大的木門：「三門」。「最」字像下了迷藥，引人忍不住追逐：世界最大木造古建築東大寺金堂、世界最早木造建築法隆寺西院……都好大的口氣在向觀光客喊話：錯過了遺憾。

三門其實還在其次，主要地我想參觀方丈庭園；日式庭園是這一回奈良、京都之行的重點。方丈庭園不以精緻優雅取勝，荒疏、質樸，這時早已過了花季，而紅葉要在一個月之後才登場，沒有討好觀光客的搽胭脂抹粉，兩對情侶草草晃過一圈後攜手離去。我手執相機，一直拍不出理想的質感，檐陰下坐了一會兒，突然想起，這幾年一個人旅行，不曾為自己在旅途上留下影像，遂將鏡頭拉廣，對準不知如何表情的臉，喀嚓，自拍。

離開方丈庭園，又回到三門前方聳高的石階梯頂端，這裡有全院最為壯偉的景觀，我坐下，再度拿出相機，想把自己和三門拍在一塊兒，卻未能如願；這時一對男女朝我走來，女孩直爽說：我幫你拍！好像她是和我一起出遊的夥伴，我將相機遞給她也像我是和她一起出遊的夥伴。橫的，直的，兩張。女孩還我相機時，衣襬在我眼前拂過，繡了幾朵朱紅色彼岸花。

又坐了半晌，眼前一個個爬上階梯的人都喘氣噓噓。

緩緩步下石階時，看見一對母女試圖讓她們倆和三門一起入鏡，試過了幾回還在試；我走近，脫口說出：「讓我來幫你們吧。」啊，我也說了同樣的話呢！那種熱血，一時讓我以為是彼岸花小姐將它送到此岸交給了我；而我，很快地遞給眼前這對母女。

她們會送達下一個渡口吧。

走過三島由紀夫

少年時代嚮往花火一般三島由紀夫一般死亡方式的我，終究發現那只是浪漫而青澀的臆想。

回老家，立在一整面書牆前，舉目張望全都是青少年時期生吞活剝的書籍。我自一溜三島由紀夫著作中隨手抽出一冊，《午夜曳航》，蝴蝶頁上簽了名，還押上日期，一九九〇年元月十八。將近二十年後重讀，字裡行間展示的，竟恍若一個全然穎新的世界，然而彼時閱讀之際那種帶著神經質的急切，卻依舊鮮明；也就是這種著魔一般的無法罷休，促使我在那兩三年間一冊又一冊地，幾乎讀竟當時書肆找得到的小說家著作中譯本，並於日後漫長時光中不斷反芻，終致在脣舌之間遺下難以抹消的餘味。

帶著這樣的因緣，幾年前一個秋天我自助旅行到東京，幾近儀式性地買下幾本三島由紀夫代表作：《金閣寺》、《假面的告白》等等。儘管我不懂日文，但在他生活過的空間、賞看以他母語寫就的文字，自覺得與作家本人更貼近了一些。這是身為書迷者都能夠體會的吧。

我還特地去了一趟本願寺——

築地本願寺的御本尊是阿彌陀如來，主要奉祀先人，乃淨土真宗本願寺派本願寺（京都西本願寺）別院，本來位於淺草橫山町，因遭祝融肆虐，而在一九三四年遷建於現址；伊東忠太的設計主要擷採古印度寺廟樣式，整體看來厚實莊重，細節又雅致細膩；蹲踞在寺前的兩尊帶翼石獸，威嚴，神氣，深富形象美。日文中，「築地」是與海爭來的陸地，該處原為東京灣，江戶時代進行填海工程，無中生有，因此本願寺是見證了滄海桑田的佛寺。

在築地市場用過鰻魚蓋飯後，緩步踅進本願寺，晌午時分，有一隊中老年人正準備離去，都意態悠閒，都輕聲說話，更襯得氛圍莊嚴靜謐。

人群離去後，我找了張石椅落坐，頭頂上芙蓉花含苞的盛開的凋殘的，好不熱鬧，清風中搖啊晃啊。這時候我已經逗留東京超過一個禮拜了，七八天來著迷於這個國際大都會戲劇性的聲色展演，在奢華的簡約的喧鬧的肅穆的連鎖的個性的等種種不同風格的賣場展覽館一家逛過一家，並不覺得膩。但是此時，清風中芙蓉花款擺成搖籃曲的節奏，我的一顆心被哄得安安靜靜。

會來到本願寺並非偶然，也不是因為我的宗教信仰，而是腦海裡一張不曾褪色的黑白照片，照片裡萬頭攢動。那個盛大的祭儀場面，時在一九七一年元月下旬，與會者八千，往生者不是別人，正是三島由紀夫。前一年十一月二十五日三島由紀夫公開演講後當眾「割腹自決」，得年四十五歲。

青少年時期我對三島由紀夫的一度「瘋迷」，想來是因為他的文字世界與戲劇化人生的交錯編織，他暴烈的求死決心也曾給我許多想像。三島死後，有人帶著一束白玫瑰前來弔唁，三島的母親對他說，你應該帶紅玫瑰來的，這是他這一生第一次做了他一直想做的事。

在三島的重要著作中，都有纖細、敏感，略帶神經質的少年，也都有飽含隱喻的死亡。《午夜曳航》主人翁就是一名少年，「登」，看不慣成人世界的偽善、妥協、失卻理想，登和他的朋黨為了阻止船員龍二一步步走進成人世界的牢籠，竟決定毒殺他……少年的我想必或多或少將自己投射到那些拒絕長大的少年身上，最極端的抗議方式，則莫過於在腐爛之前自覺／自決。

那麼，我曾對死亡帶有憧憬也就並不難理解了，一回我在大學課堂上強烈陳述自殺的可以自我決定，神父微笑著聽我說完，然後把課繼續上下去：「這樣說也沒有錯啦，但是……」對我來說，自決既是解脫：掙離現世的苦難；也是追求，與其說像人們慣常比喻的櫻花辭枝，毋寧更接近椿落地（椿：茶花；椿落地彷彿斷頭，故有「花之武士」說法），在這一點上，三島便是做了我所不敢做所不能做的事了。

儘管四十五歲，在當時二十歲的我看來，已經嫌老了點。

鎖不緊的水龍頭一般的時間涓滴流逝，少年時代嚮往花火一般三島由紀夫一般死亡方式的我，終究發現那只是浪漫而青澀的臆想。一路上我追問人生的意義人生的目的，體會到「生命就是他本身的目的」，正如那些在風中搖擺的芙蓉花，王維筆下的「木末芙蓉花，山中發紅萼，澗戶寂無人，紛紛開且落」，不為了什麼，好好活著就是對生命最大的禮讚。而當我偶爾又想到死亡這個議題時，我自我鼓勵說：我想要活到／努力到可以領終身成就獎的時候呢。

夏日風物詩

在暗黑中帶來光，在焦渴中帶來水，在躁熱不安的台北夏日午後，自遙遠的東京灣吹來帶著大海氣味的涼涼的風。

七月間，火傘高張那幾天，報紙上逐日有斗大標題，以石破天驚的氣勢說氣溫再創新高，破了幾十或幾百年來的紀錄；北極冰山消融，封印於永凍中的未曾被發現過的古生物遺骸陸續出土，細菌「冰釋」可能引發致命的、讓醫療團隊措手不及的疾病，等等這類令我這個對眼前政治紛擾著意保持距離，卻感興趣於自然生態等議題的人，讀報時眉頭微蹙。

那些日子，中午出門上班，一刻鐘徒步總讓衣衫一片濕漉漉，鑽進螞蟻穴也似的地下交通網路，身體是個烘乾機、冷氣呼呼吹，哈啾，哈啾，冒出地面又需五分鐘路程，進了辦公室，一身汗一臉酡紅，熱啊好熱，一面搧風一面喊熱啊好熱。討論起男性撐傘妥當否，反對的一方說：看起來娘，一點男子氣概都無。但有男同事在日頭最囂張那幾天還是撐了幾回傘，有人聲援：沖繩政府也在推廣男性撐傘，有了健康，才能講究男子氣概和美學。

辦公室裡同事遞來一把紙扇，我有一搭沒一搭地搧著；收發處送來一疊信件，錯錯落落，一張明信片第一時間攫捕了注意力。哇，是Bjork寄來的，彩色原子筆寫著娟秀的文字，她說：「七、八月這段時間，日本有許多祭典，七夕祭，花火節，中元節，在這段期間他們有夏日問候的習慣。」她入境隨俗，也給我捎來一張明信片。圖繪是五彩花火在深靛夜空中盛綻，占了畫面十之八九的河面紫色降幕，泊著船隻兩兩三三。古雅，幽遠。

我想起了那年在東京台場，搭日劇《魔女的條件》裡的摩天輪，一個人仍覺得好浪漫。摩天輪轉到制高點時，極目遠方，發現迢遙的所在也有一座閃閃爍爍的摩天輪（同時有人朝我眺望嗎），花火點點在夜空中旋起旋滅，海面上的船隻燈火搖啊晃啊。小時候姑姑常唱的那首美空雲雀的歌：越過了松原，你又來看我？／可看見往來博多的夜船燈火，／可看見夜船燈火……

明信片上印有一行文字，日文、漢字夾雜，Bjork幫我翻譯在旁：「這卡片在暗的地方會發亮。」在暗黑中帶來光，在焦渴中帶來水，在躁熱不安的台北夏日午後，自遙遠的東京灣吹來帶著大海氣味的涼涼的風。

Bjork是上過我兩回課的年輕女生。第一回上課在三月間，主題為「旅行文學」，課後她在我的部落格留言，說我自助旅行的經歷堅定了她把工作辭掉、到日本遊學的念頭。第二回上課是學員作品賞析，Bjork沒交作業，但也出席了，還坐在第一排認真作筆記。我帶了幾本書奉贈學員，給她的是旅行繪本，期許她塗塗寫寫，也能自東瀛帶回一本圖文並茂的創作。

一個月後，秋老虎猖狂八月底，我接到Bjork寄來的第二張明信片。她利用一個星期暑假到京都旅行，在搭夜行巴士歸返東京的前一刻，為了讓我能夠收到有京都郵戳的明信片，「利用這麼一點點空檔的時間，我倚著渡月橋欄杆，靠微薄月光寫明信片，請原諒已顧不得字跡端正，我急迫的想在離開京都前投遞出去，讓它蓋上京都的郵戳，希望你有一同旅行的感覺。」薄薄月光注入筆管，化為墨水寫字給遠方親友。

於是我打定主意要在秋深時分赴京都，自然，屆時要到這張明信片的主體——清水寺——走走。我蒐集起了資料，隨時可以出發。誰知，生活驀地陷入忙碌不堪，竟完全分不開身。我在課堂上對學員說的「不要拿任何藉口耽誤你的腳步」之類激勵的話，此時幻化成回音一波一波盪漾在我的耳底，好像反諷。

天氣漸漸轉涼，來到一年裡最舒爽的季節，這原本也是我打算出發的季節，然而我只是起早忙晚團團轉，某些緩下一口氣的片刻，我將夾在筆記本裡的兩張明信片拿在手上，看看Bjork寫的字，看看清水寺與河面上的花火祭，「這卡片在暗的地方會發亮」反覆於我眼前閃爍，突然，這一行字帶給我新的意義。我拿它快步走回裡屋，躲進大衣櫥，門扉闔嚴。

哇！真的閃閃發光呢，那些河面上、夜空中的朵朵花火。

雪的可能

檐陰裡有未遭人跡的茸茸厚雪，湊近去，食指摸摸，並不綿密，仔細瞧瞧，並不乾淨，塵灰一顆顆自白色背景裡凸顯而出。

行前，我即預約了雪，而雪遲遲不至。

當飛機穿過如凝止的潮浪的雲層，地形地貌化約為幾何圖案，漸次在眼前出現，不同於過去幾回在不同領空所見的蔥蘢，這冬的極深處的朝鮮半島，寒傖傖的土黃如枯、乳白如泥，而淺淺的墨綠彷彿一灘洗筆水。我納悶著，雪呢？不正是冰封大地、一片銀白的季節嗎？我自南國帶著風景明信片與古典詩詞的想像北飛，而它映現給我的，首先卻是土黃、乳白與淺淺的墨綠，如枯如泥如一灘洗筆水。愈接近陸地，自高空俯瞰，整座首爾彷彿埋在逐漸沉澱的懸濁液底部，幾乎在瘴氣烏煙之中窒息。

飛機著陸、滑行，大好陽光從窗戶射進，應證了播音員方才說的，首爾，晴，攝氏零下二度。我的視線專注於捕捉跑道兩側一小堆一小堆沾了泥的泡綿狀髒物，集中而尚未清除，不免為眼前所見而驚訝，隨即，我驚喜，這莫不就是雪了。雪從意念中飄了出來，在我身前，隔著一片玻璃，在我身前成為現實場景。我開心極了，管不得殘雪如水漬，髒過一頭小野貓。

「明天就有雪的可能了。」我的韓國朋友預告，我稍微調整了他的句構，他慎重複誦：明天可能下雪。同時報答我一個微笑。他說，雪剛下過，就在我抵達首爾的前兩日。這兩天晴光普照，「三寒四暖」是韓國冬季天候的口諺，我將留在此地一個星期，不難遇見雪吧。

兩日晴光，而仍處處殘雪。晴光兩日，而天氣仍然寒凍，凍得鼻子紅通、耳朵微刺，不時我伸手去暖暖兩隻耳朵，同時探探它們仍在否。儘管冷，但我仍不忘去踢踏藏在街巷陰隰之處的殘雪，以為可以踢起一片碎雪如落英繽紛，就像傳媒裡看見的。其實這些雪多半經久踩踏，已成薄薄堅冰。好好玩啊。我笑著說話。小心滑倒了。他總在旁提醒。檐陰裡有未遭人跡的茸茸厚雪，我湊近去，食指摸摸，並不綿密，仔細瞧瞧，並不乾淨，塵灰一顆顆自白色背景裡凸顯而出，黑芝麻撒上了白米飯一般。

「我愛雪，所以寫〈春雪梅花〉、〈盼雪心情〉等文，如今老了，也怕雪大得沒有安全感。」一年春節，琦君阿姨從紐澤西給我的信上說：「我家陽台堆雪數尺，有一天斷水，我取雪化水洗滌一切，白雪化水後卻是黃的，很失望，『雪水烹茶』根本不可能，一定是詩人騙人的話。」

也不一定詩人騙人。我小時候，每在雨天，家父母總於檐下置一瓦缸接水，缸底擺一塊明礬，洗滌、烹煮都可以使用；十幾二十年過去，來到城市，卻老有人告誡酸雨嚴重，小心淋了落髮。千百年前，詩人住的深郊，不像今日首爾有幾隻碩大煙囪日日夜夜都在噴吐著黑煙；詩人住的深郊環境潔淨，或者雪水烹茶，滋味更勝平常哩。

當然也可能詩人騙人，美是恆久的嚮往，現實裡不可得的，想像裡去尋。但是失真的美在我看來只是失真的美，並不是真美；雖然可能不真，我卻還是想要目睹，滿足一下風景明信片與古典詩詞裡的想像，至少相信，雪可能如此，雪也可能如彼。

雪遲遲不下。雪遲遲不融。景福宮裡，遊客將殘雪踩成水窪，泥濘一片，而萬春殿朝北瓦檐上的雪卻孤高而飽滿、潔白，薄薄敷了一層絨絨的金色陽光。白雪襯著黑瓦，我首次領會了詩意。這我才終於鬆了一口氣：詩人沒有騙人。卻也明白，詩意從來不是尋常生活的主調，第二天，愛寶樂園人工滑雪道上，我和朋友一遍一遍排好長的隊伍搭纜車上山，駕著雪橇呼嘯滑下，雖然了無詩意，但是過癮！

明天可能下雪。朋友站在他服務的華僑中學宿舍階前，再度向我預告。我在心裡琢磨了一下，明天有雪的可能，這樣說或許更有詩意。

始終沒有下雪。

一大早的班機，天還灰濛，他開車送我到仁川機場，車子開得很慢，天光逐漸在眼前鋪展，他說，可惜你沒看到下雪，你就要走了，氣象說會下雪的。沒有下雪，倒下起雨來了，前窗上一顆顆細如毛孔的水滴。突然，他將車子停了下來，車窗降下，示意我將手伸到窗外。是雪，是雪啦，下雪了。我叫了起來，軟綿的雪花一下到掌心，馬上化為了水。是雪，是雪啦，下雪了。

不過幾十秒鐘，雪就又停了。

車子重新開動，我滿足地說，這雪真像專為我下的。他笑了一笑，回我卻更像自言自語，這樣就沒有遺憾了。看來為了我的心願，這幾天他是把老天的擔子放在了自己的肩上。他向老天打了什麼商量嗎？才能讓我在臨離去時，落實了雪的可能。

好日子

一朵盛開的緬梔花甦醒成一隻淡黃色蝴蝶，薄翅搧啊搧地，倏忽析解成光粒子，無了蹤跡……

檐陰裡，靠在躺椅上，以最不費力的姿勢，手中持書，像個滑冰選手輕輕巧巧滑過文字的雪場。

風，乾爽，帶著草菁的氣味，軟軟柔柔拂過臉頰，裸露的臂膀和腳踝；鳥雀遠遠近近，一聲高一聲低，在說著你好嗎我很好；陽光薄薄的，是透明水彩，敷在修葺整齊青草地、披著茅草度假小屋、不規則形狀的游泳池，以及泳池旁綴滿淡黃花朵的緬梔，花葉之間反映了池水的粼粼波光，閃啊閃；一朵盛開的緬梔花甦醒成一隻淡黃色蝴蝶，薄翅搧啊搧地，倏忽析解成光粒子，無了蹤跡。

我專注看書。不，是這本書吸引了我全部的專注。是個翻譯小說，一名美國人在巴黎的情感遭遇。作者真行，譯者也是能手，不過上千個常見中文字的排列組合，彷彿沙雕，或是樂高遊戲，堆疊出細節繁複、讓我掛念的故事，我幾乎要與故事主角的悲喜有相同頻率的情緒韻律了。

有什麼爬上我的腳背，刺刺，癢癢，螞蟻嗎？但我不情願移開注意力啊，任牠越發大膽攻城掠地，跋涉到小腿肚咬上一口。可惡，打擾了我的好興致。我隨手將書放到地上，俯首檢視，才發現哪裡有螞蟻（牠們排成一列在斜伸到躺椅側旁的一張美人蕉葉片上疾步，不知要往哪兒去），是——是陽光，攀上了我的小腿，偷偷親一口。

來到印度洋上這個小島已經第三天。這是個好所在，避開正午時分的炎炎赤日，天氣堪稱清爽，居民態度和善，物價便宜更是讓人鬆一口氣，海灘上一叢一叢碧眼金髮歐美年輕男女，穿得只恨不能再少一點，游泳、衝浪、曬太陽，讓當地人為他們在手臂用靛青色顏料畫上圖案，或在頭頂編結一群小蛇般的辮子，紮得六彩五顏。前兩天我也混跡於人群之間，沙灘上作日光浴，大街上一家商店逛過一家商店，甚至慕名去做了ＳＰＡ。這一日，同伴結夥前往內陸大城，我沒有同行，我另有打算，我哪裡都不去，我只想待在舒適的度假小屋，待在小屋裡看我從台北帶來的小說。

這本小說，我趣味盎然看了兩個禮拜，卻始終無法竟卷，不只因為我讀書一向慢緩，除了追蹤故事骨幹，還端詳文字血肉，更因為總有什麼事情讓我的閱讀中斷。工作已是生活（甚至是人生）主旋律，下班後，上健身房、約會、用餐，大口大口吞噬時間，最得以專心埋首書頁的時候，是通勤搭捷運的那一刻鐘，關上耳朵，自成一個小宇宙，零碎，珍貴（而仍有幾回難免被如水滲透的嗡嗡哼哼交談聲破了陣）；好多次返家途中，眼看著已經到站，而我實在不願闔上書，遂任令一站駛過一站，直搭到終點，或是月台上找張椅子，大江東流、歲月不驚，一字一字，一行一行，讀下去。

我想起還有暑假可放的學生時代，一整個上午、一整個下午，或是家人俱已入睡夜靜時分，好整以暇看著書，一頁一頁，一本一本，自序至跋，珍愛地不錯過任何一個字。那是我的太平盛世。或是初入伍，新訓中心在官田，一個禮拜總有一兩個午後，部隊帶到集合場，不操練不清鎗不訓話不說你們這些死老百姓啊之類的話，我們坐在課桌前，班長讓我們寫信、讀書，頭頂是壯觀的欖仁樹，好敻遙的藍天白雲，南台灣薰風吹來，最適合打瞌睡，或是——讀書。讀著讀著，日子也就不至於那樣難捱了。讀著讀著，欖仁葉變黃變紅，風吹來涼涼有滄桑的味道，我們就要下部隊了……

我將躺椅往檐陰裡挪了一挪，拾起地上的小說，繼續讀將起來。

這樣好的日子啊，天與地為我所獨享，青蛙嘓嘓，蟋蟀唧唧，雲雀啾啾啾，薔薇呼喚蜜蜂，扶桑招引蝴蝶，爬牆虎在嘿咻嘿咻奮力往上攀。雲在飄，風在飄，我的心也飄啊飄地，飄到巴黎的天空。啊，我的美國導遊，謝謝你給我這樣的好日子。

看見貝克漢

小選手往上一躍，一個漂亮的弧度，一縱，消失在籬笆後頭。他的姿勢極簡而美，好像一顆子彈，一枚滑音，一道光，或一閃即逝的念頭。

比預期早了一個多鐘頭到柏蘭諾，喬和伊恩家沒人應門，一隻小博美在門後汪汪叫個不停。拖著個行李箱宛如穿盔戴枷，我索性坐到台階上，翻看起地圖。地圖是五線譜，腳程是音符。先有五線譜，然後有音符。再然後，有了旅人之歌。

若把愛丁堡比成一枚鳳蝶翅膀，柏蘭諾則位居尾翼末端，離鬧區搭公車一路順暢也要四十分鐘一程；這是個小山鎮，村落和村落之間隔著大片的麥田、森林和草原，地平線很低，天際線由樹梢連綴而成。

八月的柏蘭諾，天氣還暖得很，家家前院各色花卉競賽似地盛開，一戶戶都像是各有特色的花店；就在我的不遠處是青蔥草地，沒有圍籬，沒有人工設施，兩座或三座足球場那樣大，幾個小學生正在踢著球。

突然，一隻飛鳥如箭矢朝我射來，我起一瞬緊張，很快地牠失去衝刺的力道，跌落腳跟旁。是顆足球。幾個孩童隨後趕到，他們撿了球便不離去，嘰嘰喳喳小麻雀似地對我發問，哪裡來的？幾歲？為什麼來？……倒像是派球當前哨，一群人專程過來探我的底。

後來我問，什麼運動你們最喜歡？一個一個搶著回答，答案只有一個，完全在我意想之外——都說是打高爾夫球。長久以來我把高爾夫和政經權力聯想在一塊兒，一時眼前這些小不點都成了小大人。後來才知道高爾夫的發源地聖安德魯其實就離愛丁堡不多遠，威廉王子在這裡讀大學後，又成了媒體焦點。

雖都說愛高爾夫，我看得最多的，還是踢足球。足球在英國歷史悠久，早在十二世紀就出現，因為大為風行，威脅到射箭運動，曾一度遭貴族禁止。現今通行世界的比賽規則，還是一八六三年由倫敦足球協會所制定的。

我睡的閣樓是喬和伊恩的小兒子離家後空出來的，窗子對著後院，籬笆前一排楓樹，隨著時序而逐漸轉紅，在純藍天空的映襯下，閃著寶石的光澤。楓樹後是一大片草原，草原盡頭是一所小學。每天傍晚小學生三五成群，總有人踢球踢到九點鐘、十點鐘天色完全黯下來才歇止。

每周末周日清晨，不用急著出門，我常站到窗前，這兩天有較為正式的比賽。球門就設在兩棵楓樹之間，老師持哨裁判，小學生們一組白上衣藍短褲、一組白上衣紅短褲，白色長襪滾金黃邊，黑色球鞋，看來架勢十足。一刻鐘後，小選手喘氣吁吁而仍奮戰不止，白皙臉龐浮出一抹酡紅，看起來非常健康。我常想，或許這其中便有一個，會是未來的貝克漢。

然而，球常越過矮籬笆落到後院來，壓壞了喬的萵苣、薰衣草和豌豆。一回，打斷了一枝苞蕾叢生的薔薇，喬因此嘀咕了好幾天。

四個星期過去，我即將離開柏蘭諾。一直以來不習慣離別的場面，總希望能學日劇《東京愛情故事》裡的莉香以微笑面對每一次離別而不可得。當天星期六，我一張臉埋在湯碗上，怕喬和伊恩發現我眼中有淚將落未落，突然，腳邊的小博美汪汪叫了起來，十分憤怒也十分興奮，喬以逃亡的姿態離開餐桌，奔到籬笆前，與教練交涉著什麼。院子裡，一隻母鳥啾啾叫著，盤旋著，一個鳥窩隨著被打斷的蘋果枝椏跌在地上，枝椏上果實纍纍，不遠處有一顆足球。

喬重又坐回餐桌，背對著院子，一肚子氣沒有發完，她撥開伊恩的報紙（那裡仍然是美國雙子星遭轟炸的照片），喬說，這些恐怖分子毀了我每一個假日。

我抬起頭來，卻看見一個小選手正俐落翻進籬笆，躡手躡足地擒起那顆闖了禍的足球。腳邊的小博美作勢要衝出去，讓我用腳弓給安撫住了。

小選手往上一躍，一個漂亮的弧度，一縱，消失在籬笆後頭。他的姿勢極簡而美，好像一顆子彈，一枚滑音，一道光，或一閃即逝的念頭。他，必然就是那個貝克漢。

哇！藝術節

當音樂瘖啞，夜空回復闃寂，隱隱地有幾縷不死心的白煙兀自飄飛，站我身旁的房東喃喃說：明天開始愛丁堡又是鬼城一個了……

為什麼是愛丁堡？

歐遊返台，談起這段旅程，每每朋友好奇問我：為什麼選擇愛丁堡當第一站？一點點實際的考量，一點點浪漫的想像，一個大筆切削的過程：歐洲，就是想去歐洲；能通英語，所以是英倫三島；秋天成行，那就愛丁堡吧，去湊藝術節的熱鬧。

愛丁堡之後南下倫敦，橫渡英吉利海峽直抵巴黎，途經布魯塞爾到法蘭克福、柏林，取道羅曼大道前往巴伐利亞，一路追著陽光跑，普羅旺斯盤桓數日後進入伊比利半島，巴塞隆納，馬德里，終於里斯本搭機回台。預計半年的旅程，我坐在泳池畔躺椅，搖啊搖地，憑空在半刻鐘裡籌畫出雛形，搖啊搖地，搖進了黑甜之鄉。

待著手進行，一開始便碰上問題：沒地方住了！那延一周吧。還是沒有，再延一周。再延一周。就這樣，踏上愛丁堡時已經八月下旬，藝術節將近尾聲。

寄宿在郊區柏蘭諾，我提早抵達。中午，喬和伊恩正在火車站送別上一個房客，我坐行李箱上等在屋外，門口一盆天竺葵桃紅艷艷，青春正盛，門後有小型犬汪汪亂叫。

我送喬和伊恩一本我的散文集、一雙筷子當見面禮。筷子是東方古國的符號，散文集上有我的照片可以驗明正身。伊恩夫婦接過書，表現出驚喜：「哇！」他們帶我去房間將行李放下，便開車載我進城，一路上指點我何處等車何處落車，何處是我即將開始四個禮拜語言課程的學校（補習班？），交代完畢，喬說：「走，我帶你去一個地方。」彷彿準備著一份禮物要送我。

原來是個書展，伊恩說：「這是全世界最大的書展！」我見識過台北書展、耳聞過法蘭克福書展，眼前這個由偌大幾個帳篷搭在公園裡的書展，肯定要在「最大的」與「書展」之間加上諸如「戶外」之類的形容詞縮小指涉範圍。夫婦倆領我四處參觀，每個帳篷有不同主題，巧心布置成閱讀的空間而不以賣書為導向，尤其兒童館，溫馨、親切、富有想像力。他們倆向我介紹朋友，這是某作家，那是某作家。原來伊恩是圖書館員，喬則為雜誌專欄作家。我微笑，說哈囉，握手，可是一個也記不住。也許其中有一個，會是未來的J. K.蘿琳。

意外地，一來到愛丁堡我就參與了藝術節的活動之一：國際書展。

愛丁堡藝術節始辦於一九四七年。一開始只邀知名表演團體，漸漸地越來越多個人或團體不請自來，演變成今日雜燴了國際藝術節、藝穗節、電影節、爵士藍調音樂節、軍樂節，以及國際書展等活動。其中軍樂節BBC每年全程轉播開幕，最出風頭，外國觀眾多半啟程前即已透過旅行社預訂，而我，太隨興了，雖然自以為贏得自由，難免必須付出代價，比如錯過軍樂表演。

而也許，所謂的自由也許只是懶散的另一種說法。

也並未真的錯過。喬要幫兒子「拷」一卷錄影帶，我正在客廳，「軍樂節開幕。要不要看看？」就這樣，我專注看完，喬好開心，說這麼久以來，我是第一個全程看完的房客。晚上她多準備了兩道菜，飯後有冰淇淋，淋上罐裝子薑濃濃的汁液，微甜微辣，那滋味！好一陣子我到處找子薑罐頭，希望回味一番卻老是失望。

整個舊城區和王子街上都是人，表演者與觀光客。穿蘇格蘭裙吹風笛的男人，著傳統服飾一邊跳舞一邊高歌民謠的俄羅斯男女，中國人用電子琴演奏國樂聽來好似灌人工甘味和色素沖泡的果汁……遊客來自各地，有人一件露臂T恤還熱得恨不能將它脫去，有人裹著大外套，直把領口拉挺擋禦冷空氣；金髮碧眼的老外我是分不清他們的國籍或種族的，但是東方人一眼看穿，日本青年最常單獨行動，一個男孩背著大背包直有浪跡天涯的味道，兩名女孩拉著小行李箱也好俐落，大陸旅客則多半以家庭為單位，兩大一小在速食店裡啃漢堡……

高潮是周末的閉幕花火秀，我受邀到一名波蘭同學的寄宿家庭，爬出閣樓天窗站上屋頂平台，屋瓦鱗片一般一片疊一片迤邐而去，身旁是煙囪一排四五根，全塗成赭紅。我興奮得臉都熱了，感覺自己走進童話故事的場景。腳下王子街交通管制，車輛不得進出，這時坐滿了人，談話聲填充每一個罅隙。待天色全暗下來，音樂響起，嘰嘰喳喳的交談聲壓低了，目光一致望向古堡，當第一朵花火飛濺，觀眾沒有約定但整齊地發出好響亮一聲「哇！」，緊接著是一聲又一聲的讚歎。

沒能全程參與藝術節的我，這時候覺得遺憾都被彌補了。

當音樂瘖啞，夜空回復闃寂，隱隱地有幾縷不死心的白煙兀自飄飛，站我身旁的房東喃喃說：明天開始愛丁堡又是鬼城一個了。

猶太人不住的城市

若站著一棟棟衛士般莊嚴厚重建築的愛丁堡是男人，則烏斯河蜿蜒流過如美人在頸上繞一條水藍色絲絹的約克，就是女人。

認識一座城市，往往從迷路開始。

好比那回在約克吧，我拖拉著行李步出火車站，橫躺在腳跟前的，照例是一條幹道的各自往左往右背反方向的兩道射線，我杵在端點上，抓不定主意，把手上地圖正著看反著看橫過來看了又看以確定相對位置，終於擇定我的左手邊方向邁開步伐。

許多時間過去，仍未發現方才在車站電話裡頭青年旅店老闆的提示，我乾脆停佇腳步，倚行李箱發一會兒呆，心想也許提示就在一個街廓之外。當然，也可能愈走愈遠。後來我決定折返，像傳說中臨死之人吞下自己所曾說過的話那般地，逆反著來時路，去一個一個拾起自己踩踏過的步履。

車站再一次被我拋到身後，坡度漸陡，爬上陸橋，這就是了，石砌城牆厚重篤實在視線可及的不遠處，這就是了，藏寶圖的第一個提示終於現身。這些城牆由西元一世紀來到此地的羅馬人奠下基礎，以抵禦蠻族入侵，後經不斷修繕，至中世紀而有今日規模。我駐足片刻，為喘一口氣（呼，行李怎麼越來越重了），也為了伸出手觸摸石牆的質地（啊，摸起來原來是這種感覺啊）。

手掌撫摸之處也許兩千年前某個羅馬青年也曾摸撫過。這樣一想，心中有一瞬震顫，頓生壯闊之感。

離開愛丁堡時，寄宿家庭的男主人得知我將在前往倫敦途中逗留約克三兩天，眉批般說道：「那是個值得一去的城市。」火車上做功課，才發現約克比我斷斷續續接收到的零零星星資訊所形成的朦朦朧朧印象更「偉大」、更「值得一去」。建城於西元七十一年的約克，是英格蘭除了倫敦之外，吸引最多觀光客到訪的城市，兩千年歷史壓縮在同一個平面上，中世紀建築，維京、羅馬遺址，都令人神往，喬治五世說過：「約克的歷史就是英格蘭的歷史。」

資料裡有兩項記載我最感興趣：

一是約克大教堂的規模居全英之冠，這幢「看似飄浮於城市上空」的建築，十三世紀初開始施工，歷時二百五十年才竣工，有現存最古老的迴廊，教堂裡的彩繪玻璃在工藝史上熠耀閃爍，見證彩繪玻璃發展史：北側迴廊五扇修女窗由灰色、綠色玻璃鑲嵌而成；西側窗名為「約克郡之心」，是心形造型；東側迴廊廣達一個網球場的單片中世紀彩繪玻璃，面積為寰宇之最。事實上，彩繪玻璃正是濫觴於約克的小型工作室而風靡全球；二戰期間，教堂曾將多達十萬片的玻璃翼翼小心取下，藏在地窖以避免戰火波及，不過一九八四年一次雷殛，毫不留情地將南側迴廊玫瑰窗幾乎摧毀至片甲不留。

「世界之最」的稱號令我怦然心動，大自然的力量則引起我的神性崇仰，又敬又懼。

另一個吸引目光的是，發生於一一九〇年春天的一場暴動。據悉是城裡的基督教富豪打算賴猶太人銀行家的帳（原來猶太人自古就有經商長才），煽動市民攻擊猶太社區，倖存的猶太人約一百五十名躲進由郡守管轄的木製城堡，後來——有一說是猶太人集體自殺，或是遭人縱火，猶太人全部葬身火窟。殉難原址日後蓋起了克利福德塔（我在雨天裡前去參觀，許多岩塊經長期沖刷，露出揭去燒灼皮膚後的淡粉紅色內在質地）。直至一九九〇年仍有紀念約克大屠殺的猶太禮拜舉行，正統猶太教禁止教徒住在這座城市。

尋找不著旅店的我暫停腳步，坐在烏斯河畔。橋面遊客穿梭，氣氛歡快好像慶典，河面有小船來去，觀光客朝岸上的人胡亂揮手、呼叫，儘管彼此並不相識。眼前的約克柔情似水，若站著一棟棟衛士般莊嚴厚重建築的愛丁堡是男人，則烏斯河蜿蜒流過如美人在頸上繞一條水藍色絲絹的約克就是女人。美麗、瀏亮的城市有一段陰暗過往，高度的反差使我很難不注意到這一事件。

行人來來往往，觀光客占多數。觀光客的表情、衣著，有難以掩飾的戲劇性，就連著意的悠閑與低調，都有一段絃外之音在心弦彈撥，我雜在他們當中，拉著行李再度陷入五里霧裡，有人主動趨前：「你往哪裡去呢？」他必然是尋寶遊戲裡總在關鍵時刻現身的智者，我指了指地圖，他比比遠方告訴我這裡一拐那裡一折再一彎就是某街某巷，「到了那裡再問人吧。」

一刻鐘後我又站在鵝卵石鋪成的街道上，茫然四顧。我在等待下一個提示。沒有發現路標，也不再有智者，或許那一座旅店是霍格華茲學院，國王十字車站九又四分之三月台才有通道。

混血倫敦

訂戶高達百萬的美國《美食家》雜誌，以竟冊一百八十頁專題，推崇倫敦是全球最佳用餐地點，並宣稱，倫敦的光輝時代回來了！

英國食物滋味單薄，世人已有定論，但是二〇〇五年三月、訂戶高達百萬的美國《美食家》雜誌，卻以竟冊一百八十頁專題，推崇倫敦是全球最佳用餐地點，並宣稱，倫敦的光輝時代回來了！初聽到這個消息，我略感驚愕、不解，稍一思量，也就欣然意會了：英國不只有英國食物，特別是在倫敦。

為倫敦帶來熱帶花園一般食物的，是熱帶魚一般斑斕多彩的膚色，走在倫敦街頭，有色人種——黑色格外突出——比起白種人（白色不是顏色嗎？）更觸目可即。英國是移民建構的國家，從史前來自伊比利半島、中歐、印度次大陸，至二十世紀中葉大英國協公民可到英國就業，移民未曾稍息，倫敦更是個大鎔爐。

據統計，每三個倫敦人就有一個不是在英國本土出生，目前於倫敦使用的語言則高達三百種。我在倫敦，字正腔圓的普通話、猴來猴去的粵語，從來沒有少聽過。這個城市許野心家以築夢的基地，苟活者圖個溫飽更非難事，「畢竟這是個連笨蛋都可以削爆的繁華都市。」電影《猜火車》裡這樣說。

我住青年旅館，結識一對澳洲來的姊妹花，都二十初度，旅行就是她們的生活主旋律，遊牧民族一般地打工只是謀生活用度。她們的夢想是，旅行到一塊夢土，然後定居下來，我覺得她們比起絕大多數人都還要更「完整」，有更大的野心。

走出旅館，柯芬園廣場賣唱的女高音、男低音，華埠旺記端盤子、洗碗的小廝，蘇荷區街頭雜耍的黑人，皇家植物園木椅上閑坐、可有可無地翻書的青年，我試著在他們身上尋找過往履歷，並確信其中必然有幾個，將會是名震當代的大藝術家、大文學家、大科學家，就比如柯慈吧，他曾於上個世紀六〇年代來到倫敦，鍛鍊詩意的心靈。

柯慈說過，巴黎、維也納，以及倫敦，是世界上三個可以活得飽滿的所在。但是——他說，在巴黎生活必須先上過教法文的上流學校，維也納則是猶太人重中他們的天生基本權利的地方，那，就只剩下倫敦了。

倫敦市長利文斯通說的則是，移民是倫敦生活的一部分；新倫敦人是倫敦的菁華，是倫敦得以如此繁華的根柢。他也說，每座城市都有屬於自己的榮光時代（每條狗都有牠的好日子？），像，十九世紀是巴黎的，二十世紀五、六〇年代是紐約的，新世紀則非倫敦莫屬。二〇〇五年某期《新聞周刊》更指出，倫敦已經逐漸甩開其他歐洲城市，它的「黃金時代」已然來臨，招牌撰稿人威廉姆．恩德西爾拿它和十九世紀掀起淘金熱的加拿大克倫代克相比擬，稱倫敦是「開發商的克倫代克」。

我在新世紀伊始去到倫敦，沿泰晤士河散步，看見剛落成的倫敦眼、千禧橋與星空爭輝，四界許多工程正在進行，於當地讀書的朋友告訴我，倫敦動起來了，在多時的沉寂之後。倫敦動起來了，先是為了迎接千禧年，繼之有奧運等在二〇一二那一頭，倫敦動起來了。

可惜，在京奧閉幕式上由貝克漢踢出漂亮一球以宣示接辦權的倫敦，卻先迎來了席捲全球的金融風暴，奧運成了個燙手山芋。

回到《新聞周刊》，它將倫敦的蓬勃活力歸因於對外來客的熱烈歡迎。但去到倫敦前，旅遊書或不管有沒有去過倫敦的朋友，卻都提醒我，倫敦很冷漠！柯慈以「不列顛令人仰慕的著名含蓄」名之；我想，冷漠也就是大都市普遍存在的性格，乘上英國人獨特的拘謹氣質而有以致之。待到了倫敦，才發現並不盡然，比如身為一個無煙囪工業發達的城市，它處處考量著觀光客的需要，幾乎一出地鐵便有指標指向知名景點，地圖都不一定派得上用場。

我又曾兩度在大英博物館和泰勒美術館受街訪，做過「滿意度調查」，這是館方與市政府所委託的。看見我的保留，調查員略顯得落寞，聽見我的讚美，他們又明顯興奮。誰說倫敦人冷漠，不重視外來客的觀感？調查本身和調查員的態度便是雙份的否定。

另還有同是「有色人種」的體諒：一回我去一家印度餐館，菜點得支支吾吾，我對她抱歉，對不起，我的英語很糟！她好窩心地一笑，沒關係，我也一樣。

當然，也不盡然是熱烈的歡迎：我住青年旅館，櫃檯託言沒有鑰匙，以至於每回回房我必須麻煩室友，第四天我受不了了，帶著一腔怒意去議論，才終於拿到鑰匙；拿到鑰匙準備回房，樓梯口卻讓幾個白種男女青年給霸占住了，他們沒有讓路的意思；我也不準備妥協，一疊聲借過，硬是殺出一條路來。或是幾次在麥當勞點熱巧克力，不是只給半杯就是淡得像水，我懷疑這其中不無種族歧視的成分，堅持端回櫃檯請服務生重新給我一杯。

一次我又端了一杯巧克力去換，待回到座位，發現剛拆封的漢堡、薯條都讓人給倒垃圾筒去了；室內只有鄰桌兩位說粵語的學生模樣青年，看他們的眼神，我明白是他們以為我漠視速食店必須自理垃圾的規矩，而幫同為華人的我清理掉的。我具體體會到，他們身在異域，為了贏得尊重的用心。

我曾在報上讀過一則消息，說倫敦人對東歐移民有點感冒，因為這些移民盜捕天鵝端上餐桌。他們不知道這些天鵝都各有其主，主子之一是英國女王？每年皇室還要煞有其事地請清點官循古禮清點，並為其秤重、體檢。至於二〇〇五年七月間發生於大眾運輸系統的連環爆炸案，穆斯林遭池魚之殃，也因此加劇了倫敦人對外來社區的排斥。

不過，不管排斥或接納、冷漠或熱情，在這裡作為「主詞」的，都不再是單一膚色、單一血統的倫敦人，也抵擋不住有更多來自四面八方的人加入這個持續混血的二十一世紀黃金之城。

重者觸犯禁忌，輕者只是習慣不相同，有時需要鄭重的道歉，有時一個不好意思的表情已經足夠，也有些時候，做什麼比什麼都不做來得好。

出洋相

明星主廚奧利佛準備烹煮一道菜肴，食材裡有樣無花果，「要如何判斷無花果熟了沒？」奧利佛聳聳肩，莫可奈何地：「我也不知道。」他把玩著一顆無花果，「也許你可以捏捏看，就像試試酪梨熟了沒，或者——」他故作不知無辜還是俏皮或兩者都是地，朝鏡頭對觀眾說悄悄話：「或者咬一口。不過可別跟老闆說是我教你的。」

我莞爾一笑，奧利佛你「教壞囝仔大小」。

一回在波多貝羅市集走逛，遊客湧泉一般汩汩冒出，麵包店花販骨董商手做雜貨店琳琅詮釋著太平盛世的景況，我駐足一個水果攤前，讚歎於彷彿櫥窗模特兒的艷紅櫻桃青綠蘋果鮮黃香蕉，激起了消費的慾望，伸出手去想挑一把走，還沒碰上水果（遑論捏捏看或咬上一口），一聲喝斥橫空而來。我怯怯退守一旁，看老闆不加揀擇地將水果掃進塑料袋，那自信的態度宣示著「品質保證，哪能任你挑三揀四」。

雖有一時的窘迫，但藉此認識到文化差異，也是值得！

另有一次，湊熱鬧去搭倫敦眼，九一一剛過，警衛安檢武裝全副。購票、搭乘，各排一回隊，文明與教養在井然有序的隊伍中閃閃發光。安穩得如履平地繞過一圈後，大家趕去販賣部看商家為遊客拍的照片值得購買否，猛地，「Q, Please!」好冷峻的聲音冰凍了我的熱切。

訕訕然。我才發現自己插隊了。

或是內急終於尋到公廁，穿過人龍排到小便斗前，眼角餘光一掃，似乎有人不耐煩，我的錯覺嗎？不是，原來台灣人等公廁多半壓寶，每個小便斗前自成隊伍，在這裡，大家從廁所門口開始排起，更公平些。

重者觸犯禁忌，輕者只是習慣不相同，有時需要鄭重的道歉，有時一個不好意思的表情已經足夠，也有些時候，做什麼比什麼都不做來得好：

初履東京我四界探看，同為東方民族，到處有漢字，心情格外輕鬆。一個早晨我混雜在新宿車站人群之中，欣賞魚汛一般形色匆匆的光景，突然瞥見角落裡寂然立著一名僧人，我拿起數位相機，按下快門同時閃光燈一亮。我看到僧人眼光立馬找到我，微有慍意。我走上前去，頷首致歉，自口袋裡掏出一把硬幣，他卻將手上的缽往側邊一挪，拒絕了我。我尷尬極了。確定是不該拍照的，但不能確定的是，他托缽站在人潮洶湧的所在，為的是化緣？或有其他理由？

宗教是沒得商量的，只有尊重。在泰國，不能隨意摩挲別人的頭，因為篤信佛教的泰國人認為頭部是靈魂的棲止之所。伊莉莎白女王伉儷曾參觀倫敦一座錫克教廟宇，貴為女王仍依例脫鞋，菲利浦親王還在頭上綁上淺藍色頭巾。相反地，也叫伊莉莎白的英國女星赫莉與印度富商結縭，卻不理入境問俗的規矩，不僅沒將身體包得滴水不漏，進入神廟也拒絕脫鞋。後來讓看不慣的印度人給告上了法庭，「違反傳統習俗」，可判三年有期徒刑。

也是在倫敦，也是街上閑晃，我於僻靜處見一女士遠遠走過來，她全身披覆黑紗，頭罩黑巾，我好奇注視，沒意識到這樣不禮貌。當她與我錯身而過時，憤怒地抛來一句——「看什麼！」九一一的發生連累了倫敦的伊斯蘭居民，不知道她已經飽受多少有色眼光了。倒是清早趕上班的白種人職業婦女，晃晃顛顛的地鐵車廂裡，鋪粉底抹腮紅畫眉毛刷眼睫再輕輕點絳脣，我好佩服地看直了眼，她們在我的目光中更加意識到這是一場表演，更加千嬌百媚。

良藥毒藥，一體兩面。圈起拇指、食指的手勢我們都認為表示「ＯＫ」，在土耳其和巴西卻行不通，那是罵人下流齷齪；豎起大拇指的稱讚手勢，在伊朗卻極為猥褻，外人千萬不要弄巧成拙了。

倒有一回我做了個試探，以驗證旅遊書上所言虛實。旅遊書上說，進入哈洛德百貨公司必須卸下後背包，改用手提，我佯裝不曉，後揹著一個扁扁的背包，一副草包子遊客模樣走進去。才走幾步，就看到一名警衛朝我走來……

青蛙跳進豌豆湯

稱倫敦「霧都」不知是誰起的頭。確信的是一九三〇年代蔣彝去到英國，為華人讀者撰寫報導時，就這樣叫了。

一踏上英國，我便鬧了個笑話。

台北啟航的飛機，在倫敦希斯洛機場降落，緊接著搭接駁巴士準備前往蓋洛威，轉乘境內航班飛愛丁堡。清晨五時許，我的精神和天色一樣黯濛濛，但是振作著要牢牢記住這倫敦第一眼。車窗外，夢境尚未醒來，我也盹了過去。我和天色一起睜開眼，朦朦朧朧，揉揉眼皮確認了並非惺忪，而是濃霧籠罩四野，浸泡在鮮牛奶裡一個模樣。

彷彿有樹，高低胖瘦；彷彿有馬匹，昂首低頭；陽光金沙一般讓網眼一層密過一層的篩漏層層篩過，終於有一支支金色針尖穿透，東閃，西耀。

這英倫第一眼，大霧瀰漫，絕美的一首抒情詩。

昏昏沉沉我又闔上了眼。一會兒後醒來，發現高速道路上不斷有標誌寫著「青蛙」提醒駕駛。真是個重視生態保育的國度啊！紀錄片裡看過，公路切斷荒野，先進國家會在路面下設暗道，讓青蛙蟾蜍蜥蜴蛇等小動物「過馬路」，以免遭輾斃，呼應了老家平房在磚牆半空處砌一線「鳥踏」供雀鳥歇腳的美意。

帶著會心暖意睡去又醒來時，我突然意識到，不是青蛙不是frog，是fog是霧。我好不害臊，臉頰耳朵熱熱的，一時真覺得自己是隻井底裡的青蛙。

倫敦夙有「霧都」之稱，我的倫敦第一印象，就是霧。日後讀到美國作家提穆．麥克那提（注）的〈月亮馬群，和地上的霧〉，夢掀起一角／露出了夜：鈴聲輕柔的／傳來，是馬群走近了／我露宿的林野／／低迴的霧從河上飄至／一片齊膝的銀白／吃草的馬暗影魑魅／／在夢與醒之間的／朦朧裡／我已和牠們走到一起，嘗著／腳邊的霧氣，它清涼地／／散發著落葉、枯枝／與灰燼潮濕的氣味／以及冰川緩慢的鼻息／／月亮在雲杉上很靜／河水正淙淙遠去／撫過光滑的石／／此刻我竟忘了／自己在趕路／任憑鞋子在腳旁閒置／灑滿冬夜的星塵（列健曦譯），一句句都像神箭手射出的箭，以那個清晨所見為標的。我將讀詩心得告訴麥克那提，一臉大鬍子的他露出了兒童模樣的笑容。

稱倫敦「霧都」不知是誰起的頭。確信的是一九三〇年代蔣彝去到英國，為華人讀者撰寫報導時，就這樣叫了。

蔣彝最讓人如雷貫耳的手筆，是將Coca-Cola譯作「可口可樂」。他在英國以「啞行者」（Silent Traveller）自稱，陸續出版了《愛丁堡畫記》、《倫敦畫記》等遊記，廣受喜愛。「霧」是倫敦一景，自然也現身筆下。

蔣彝說，某個冬日下午三點多鐘他走在街頭，「忽然間，毫無預警，天空出現了一大片黃色霧靄，並在黃昏的暮色中愈積愈厚」。他所經歷的，推想並非江西九江老家散漫於湖面山際的煙嵐，而是燃燒煤炭產生的硫化煙，確鑿的證據是「這兒的霧和我過去所知不同，不是純白，而是黃黃灰灰，有時還帶點黑。霧氣觸著臉上，不涼也不清新，我的鼻孔可以嗅到其中的煙味，感覺非常壓迫」，原來英國在一九五六年通過「空氣清淨法案」（Clean Air Act）前，城市裡常瀰漫這款有毒氣體，被稱為「豌豆湯」，每年奪走上百人性命；嚴重時煙霧甚至竄進皇家劇院，擋遮了觀眾視線。

其實，每回搭車走高速公路北上，逼近台北盆地時也都會清楚看見盆地上方籠罩著「黃黃灰灰」的氣體，那不是霧靄，那是廢氣，把整座台北城包圍住了。或是每每釀成國際新聞的東南亞「霾害」，景觀壯觀，造成的害損就更遠遠超過豌豆湯了。

愛丁堡一個月盤桓後，我在倫敦駐留了四個禮拜，除了那個清晨所見，我對霧都的霧印象並不深刻，直到離去前夕，B＆B女主人張小姐吆喝她的朋友，兩輛車載幾名偶然與巧合湊到一塊兒的房客到漢普斯德石南園遊逛，大家都有點生分而過於客氣。也是午後三點多鐘，或是稍遲的四點多鐘，零零散散一行人在緩升緩降的小丘陵上突然遇到大霧掩至，洪水一般湧來，淹沒了足脛，膝下，很快地幾步近的同伴也僅能勉強辨識衣衫顏色。

有人呼喚：「你們在哪裡？」有人回應：「我在這裡。你呢？」「我看不到你。」「我也是，第一次看到這樣大的霧。」「我小時候遇過一回。」……此響彼應，竟像是一場遊戲。這具體如牆的霧，倒讓大家靠得更近了。

注：提穆．麥克那提，一九四九年生，詩人、自然文學作家。我曾在二〇〇六年香港浸會大學國際作家工作坊與他有數面之緣，來自美國的麥克那提，蓄一臉大鬍子，笑起來卻在儒雅中帶著稚氣，他的家鄉在新英格蘭，自然文學巨擘亨利．梭羅是他的同鄉。麥克那提自大學英文系畢業後，為了實現住在森

林裡的夙願，踏上了為時一年的旅途，遊走在北美、加拿大，流連於華盛頓、西雅圖等地，格外鍾情奧林匹克國家公園，適巧有機會住進建於懸崖上的一棟小屋，觀察生態環境、體驗山海之美，那一年的時光值得一生的流湎。除了詩集，麥克那提寫了大量以國家公園為主體的自然史著述，他沒有強烈的政治主張，希望聯通文學之美與自然之美，而不是激情喊話，他說：「自然寫作是長期的，環保寫作是短期的。」

大英博物館已失去魅力？

我初抵倫敦市區，從地底冒出頭的第一眼，有點失望，但幾日盤桓後，挖礦一般，蠱惑著我不斷往深處探究……

英國作家大衛．洛吉本擬將他的第三部長篇小說命名為《大英博物館已失去魅力》，無奈蓋希文出版公司不同意，最後以《大英博物館倒下了》面世。這不知是否受到我們自小傳唱的兒歌〈倫敦鐵橋垮下來〉的啟發？

書名難取，並不比父母為小娃娃命名簡單，據悉：江國香織《那一年，我們愛得閃閃發亮》是從六十餘個書名中揀選出來的，暢銷書《先別急著吃棉花糖》、《叫賣竹竿的小販為什麼不會倒》則各有數十個書名備案，符合內容、善盡傳遞責任、打動人心是出版社聲稱的評量標準，其實最核心而未公開表明的，是能不能賣錢。大衛．洛吉解讀小說的入門書，中譯《小說的五十堂課》，原名

《小說的藝術》（*The Art of Fiction*），中文書名如此取，猜測是附麗於族繁不及備載的「什麼什麼的幾堂課」，王安憶不也有一本《小說家的十三堂課》嗎？值得進一步追究的是，《小說的藝術》英文書名也非原創，亨利・詹姆斯早在一八八四年就發表了同名文章，闡述他的小說藝術觀。

甚至，「大英博物館已失去魅力」也有所本，這是喬治・蓋希文為百老匯歌舞劇創作的名曲〈A Foggy Day（In London Town）〉中的歌詞，「瘦皮猴」法蘭克・辛納屈與麥可・布雷等知名歌手都曾經演繹，流傳甚廣。歌詞寫道，在倫敦的大霧天裡，人生地不熟地一個人踽踽走著，心情十分低落，晨鐘穿破大霧自遠方傳來，甚至連大英博物館也失去了魅力。

舉大英博物館當指標，可知它的魅力非凡。山繆・約翰生說：「當一個人厭倦倫敦，他也厭倦了生命，因為生命所能給與的一切，倫敦都有。」我初抵倫敦市區，從地底冒出頭的第一眼，卻有點失望，但幾日盤桓後，挖礦一般，蠱惑著我不斷往深處探究；這晶晶亮亮的礦脈，各式各樣的美術館博物館就是之一，大英博物館則在其中熠熠閃耀，我曾幾度慕名前往，帶著朝拜的心情，驚訝於它的親切、驚歎它有豐富館藏，復驚喜於中國文物保存良好。

一踏上入口通道，我便有新鮮感受，因為它不收入場費，但有自由捐獻箱；

說是「自由」，也不盡然，兩步遙立著一名警衛，好似盯著捐獻箱，又像監視著訪客有否奉獻。前後兩棟建築中庭上罩玻璃穹頂，俐落、雅潔，兩位女學生拿著問卷詢我意見，我拼湊出一些第一印象：傳統與現代的結合、古典與前衛爭輝云云。兩女孩聽了很開心，無邪、單純，但當我說到它同羅浮宮前貝聿銘設計的金字塔，一樣擷取玻璃的明透、採光、現代感時，笑容頓時失去了顏色，好像玫瑰渴水，意興慵懶。事後我查過資料，是我太唐突了，這玻璃穹頂（Great Court）由三千三百片形狀不一的三角形拼成，是歐洲最大的有頂廣場，造價逾一億英鎊。我不該拿它同玻璃金字塔比較，何況信口說它完成在後，不復創意。

我一個展覽室參觀過一個展覽室，以直觀之眼，許多課本書本上曾有的敘述與圖片，此時活生生浮凸而出，好似伍迪．艾倫《開羅紫玫瑰》電影中人物走出銀幕，與女影迷談了好浪漫一場戀愛，或是張僧繇在金陵安樂寺牆壁上畫龍，眾人起鬨下點睛，雙龍乘雲飛去。

雖則戀人仍在銀幕上，飛龍仍在傳說中，那些古蹟仍禁錮於博物館裡頭。

對照我劉姥姥闖大觀園態度的，是一群小學生在埃及館裡爬上爬下。大概是校外教學，來博物館寫生，也有專注畫畫的，卻多半心不在焉，在高聳的石柱、龐巨的雕像間玩捉迷藏，老師適度維持秩序但不過度約束，警衛則袖手放任。我一方面覺得吵，卻也羨慕。蔣彝在他的《倫敦畫記》裡說過，他在國家畫廊、泰德畫廊都常見學生臨摹。不過那些學生顯然年紀較長，因為他們甚至手拿量尺，登上梯子去細看巨幅畫作的頂部。在我國，臨摹是一門功課，中學時我學水墨畫，曾很有耐心地臨過范寬的〈谿山行旅圖〉；大畫家張大千則結結實實在敦煌石窟臨摹了兩年半，之後畫風為之丕變，氣勢更為壯大，傅色更為瑰麗多變。也許這些吵著鬧著的小學生裡，也有幾位是日後的大藝術家。

身為中國人，自然對中國文物付出了最柔軟的感情。大陸《人民日報》海外版曾經報導，流失海外的珍貴中國文物超過一千萬件，光是大英博物館就有二萬三千件，導覽手冊也自豪他們收藏的中國文物為歐洲之冠。彼時，當我在大英博物館目睹大批保存良好的中國文物時，感歎又雀躍，彷彿他鄉遇故交。〈A Foggy Day（In London Town）〉裡的那個孤單旅人，街頭上走著走著，沮喪、闌珊，突然他看見前方一名舊識——啊，陽光驀地破霧而出，遍灑這座城市。在大英博物館裡看中國文物，那種熟悉那種親切，有點類近於此。

鐘花開過有餘香

彷彿蔣彝筆下的風鈴花，芳香飄浮於空氣之中，似乎確切掌握了，但縷縷餘香之後，更連結上一個飄忽不定的小宇宙。

「我最喜歡一天的這個時候；我們趁天還沒黑散步吧，下星期時間要調慢一個小時，五點就會天黑；」電影《黛妃與女皇》尾聲，伊莉莎白二世問首相布萊爾：「希望你喜歡散步。」布萊爾回答：「我喜歡。」女王接話：「一邊散步一邊開會一定成功。我在散步時思緒最清楚；我一向不喜歡成天坐著，散步與呼吸新鮮空氣能解決一切。」

散步，會在哪裡呢？肯定不是烏煙瘴氣、人車爭道的大都會街頭，那有更恰切的說法：壓馬路，或是逛櫥窗（Window Shopping）。散步就該在天光雲影、雜花生樹的所在：影片便結束於女王和首相散步於白金漢宮那精巧雅致、具有文藝復興風味的小花園裡，幾隻小型寵物犬快速划著短腿，東聞聞西嗅嗅，與女王保持若即若離的距離。

白金漢宮是英國皇室在倫敦的主要宮殿，由維多利亞女王的祖父——喬治三世所購置。喬治三世深富人文素養，是查理王子景仰的君王。二〇〇六年女王八十大壽，家宴由查理王子籌畫，出人意表地，他耗費鉅資修葺已經關閉十年的邱宮以舉行家庭晚宴；新聞界研判，主因乃邱宮正是由喬治三世買下。

邱宮是英國皇室規模最小、最具神祕色彩的皇宮，原稱「荷蘭人之屋」，建於十七世紀，本為富商宅邸，後由皇室租賃，喬治三世在此度過許多童少時光；但直到一七六一年，新婚的喬治三世欽定它為國王、王后在倫敦郊區的住所，才定名為「邱宮」。二十七年後，喬治三世罹患怪病，發病如發瘋，遂長期在這裡休養，感情甚篤的夏綠蒂皇后相伴；沒想到後來皇后也得了怪病，甚至連睡覺也無法躺下，最後坐在臥房的黑色椅子上辭世，兩年後喬治三世隨她而去。

燒烙了皇室私密印記的邱宮，關閉八十年後維多利亞女王再度使用，後來又關閉，此番因女王大壽而重新開放，過往的暗啞記憶已被歡聲笑語所取代。

邱宮位於倫敦皇家植物園（邱園）裡，世紀初我遊邱園，曾於這幢磚紅色建築的前庭花園逗留片刻，感受到的不是皇家的氣勢和派頭，而是殷實大戶人家的雅潔，內蘊的力道。

邱園是全球首屈一指植物園，十八世紀中葉建成，原為皇室產業，一八四一年捐出，經過不斷修繕、擴建而有今日規模。它不僅是植物學研究的重鎮，也是休閑娛樂好去處。文學界的現代主義巨擘——維吉尼亞．吳爾夫曾以它為題寫就一個短篇〈邱植物園〉，看似不經意地揀擇幾雙漫步於花壇間的男女的動作、言談，「那些詞語翅膀短小，要承載意義沉重的身軀是不足夠的，承載不了多遠，就會笨拙地掉落在他們周圍十分平凡的事物上」。吳爾夫以紀錄片《小宇宙》顯微鏡頭一般的文字描繪「周圍十分平凡的事物」：隨著夏日微風舞動的花瓣，一顆水滴折射的光影，一隻爬行中的蝸牛，等等。那蝸牛艱難地越過身前的險阻，就彷彿翅膀短小的詞語要承載身軀沉重的意義。

〈邱植物園〉文字細膩、意象鮮明，吳爾夫形容年輕男女「正處於青春的高峰，甚或高峰之前的年華，處於花朵尚未衝破膠黏狀態，平順粉紅的花瓣尚未綻放的年華，就如雙翅雖已成長的蝴蝶，但在陽光下，仍然一動不動」；她說光線「落在一顆小雨滴上，薄細的水壁紅藍黃光鼓脹得如此劇烈，看似隨時都會爆裂，消失」。

她形容園裡知名的「棕櫚樹屋的玻璃屋頂閃閃發亮，彷彿一個擺滿閃亮綠傘的市場，在陽光下開市」。朱自清在他的《倫敦雜記・公園》一文裡也曾經提過這座棕櫚溫室，但採取的是白描、說明的方式。

另一名大旅行文學家蔣彝自然沒有錯過這個景點。他喜歡邱園裡春天的梨花，「一向大得驚人，就像巨人穿了全白袍子，極端神氣地站在那裡」，「那些豔紅怒放的明麗杜鵑花一定也吸引了許多人來到這些花園，盛放時，你絕對抗拒不了它們的魅力」；因為倫敦夏天氣溫偏低，他藉著邱園的風鈴草推斷夏天已經來臨；在曾與他一同前去邱園的房東過世後，他一個人坐到維多利亞女皇村舍前，寫下了一首詩：「闢得幽園占晚涼，鐘花開過有餘香。百年豔跡空憑弔，茅舍亭亭伴夕陽。」是中國詩詞裡常有的慨歎。

經由虛實相間的電影、歷史掌故、傳說、文學描畫，邱園發散出深深淺淺的光影變化，肌理摺疊、涵義多元，彷彿蔣彝筆下的風鈴花，芳香飄浮於空氣之中，似乎確切掌握了，但縷縷餘香之後，更連結上一個飄忽不定的小宇宙。

開盡梨花，春又來

歌手準備結束今日的走唱，他在收拾雜什，我聽見他頗自嘲地對我說，呵呵，說是要來倫敦學音樂，結果站到這裡討生活。

從皮卡地里地鐵站三號門走上地面，右轉，才站到半價亭前，一縷歌聲閃躲過雜遝人群流竄到我的耳門，馬上攫捕了我；耳朵也像檢選器，洋言洋語給摒擋在外，唯一排闥而入的，是這唱著中文歌曲的男聲。

皮卡地里圓環是倫敦蘇活區的心臟，隨時有街頭藝人在某個角落表演，我略過一個黑人吉他手、兩名小丑的古怪動作，奔至那名歌手面前，隨他哼唱起來。

他翻山越嶺一葦渡江健步如飛，我一腳水泡踉踉蹌蹌好想叫他等一等。

伊高歌我低吟，那時候，我們就是這樣，伊放聲我淺唱，我和伊坐在操場旁的台階上。八卦山脈在遠方一呼一吸沉沉睡著，最後一盞學子書桌上的燈火剛剛熄滅，星星已經上崗守衛，玉蘭花還不肯睡，恣意吐著一蓬一蓬香氣。宿舍已經晚點名過了，我和伊坐在操場旁台階上，伊問，想聽什麼？我說，隨便啦。伊沒有多思考：那就唱你送我的那卷錄音帶裡的〈夢田〉好了……每個人心裡一畝一畝田，每個人心裡一個一個夢……八卦山翻了個身繼續睡去，星星擠眉弄眼，玉蘭花還在放送魅力。伊老馬識途躊躇滿志在前領軍，我新手上路亦步亦趨緊緊尾隨……一顆啊一顆種籽，是我心裡的一畝田，用它來種什麼？用它來種什麼？種桃種李種春風……

那時候，我們心裡都種了一個大夢，我的夢在這多年以來逐漸萎縮逐漸乾癟，呼應我日益侏儒的行動；而伊的，依然巨大依然清晰，甚至更巨大更清晰。

伊的夢是成為一名拔尖的藝術歌曲演唱家，伊說，總有一天我會站到英國皇家艾伯特音樂廳，去唱你為我寫詞的歌。伊當真作勢唱了起來，雙眼注視著我，那眼神裡的驕傲，讓我一時以為這首歌真正是我專為伊寫的。一曲唱罷，伊拉住我準備鼓掌的手，說，走！於是我們站了起來，我不明所以，只隨伊跑下台階，越過一整座操場，一跳便躍上了升旗台。

我們的臉色潮紅、喘氣吁吁，鞋底沾滿草菁和露水，伊拉過我的手往上舉到最高，再彎身鞠躬到最低，邊鞦韆似地，附我耳邊說，你看，台下的人都為我們歡呼呢！我遂也看見了一整座操場都是起立鼓掌的粉絲，掌聲如潮一波波湧來，一束束鮮花拋上舞台……

歌手唱到一個段落，圍觀的人群可有可無給幾個掌聲，他低下腰拿起地上的錫鐵罐，人群馬上又走掉一大半；他循順時針方向向觀眾要賞錢，笑得很燦爛，但在等待圍觀人群自口袋裡掏出硬幣時，笑容裡也不免有一瞬如新漆剝落露出舊痕一般地，顯出了生硬僵冷如倫敦的天氣。我把口袋裡的硬幣捏走兩枚一英鎊的，全丟進了錫鐵罐。他臨離開時，我問他，可以點歌嗎？他說，如果我會唱，有什麼問題！我才說了〈夢田〉，他脫口便唱出了聲音，我把手上那兩枚硬幣又放進錫鐵罐裡去。

星星醒著，玉蘭花醒著，學子的夜窗還沒有打烊，再過幾個月就要聯考了。我獨自坐在操場旁的台階上，這個夜晚沒有歌聲。八卦山，你怎麼可以這樣事不關己地睡去？我起身站到教室外，隔著窗玻璃看一排排課桌，方正、井然、嚴肅、厚重像棺木，其中一張，月光為它灑了銀霜，課桌的主人前兩天還每周例行北上向聲樂老師學唱歌，傳來消息說他在回程淋了一場大雨患了肺炎，傳話的人說不打緊休息兩天就好。兩天過去，消息又傳來，說伊過世了。

許多年後，總會在某個瞬間我突然覺得，命運是偏袒伊的。

一盞盞燈亮了起來，歌手準備結束今日的走唱，他在收拾雜什，我聽見他頗自嘲地對我說，呵呵，說是要來倫敦學音樂，結果站到這裡討生活。呵呵。總算是養得活自己，也不壞。他說了再見，轉身消失在人群裡。

伊剛過世那幾年，幾名要好的同學每逢清明前後，總要相約去看伊，上一炷香、獻一束花；後來時間難配合，有時清明我獨自上墳去，知道已經有人先來過了，遂明瞭大家都在某個角落過著自己的生活，手上有電話，號碼撥了幾個，卻又莫名放棄了。

今年過去時，看見一名中學生坐在墳頭，一時之間我那已然模糊不堪的對伊外貌的記憶，又被拋光擦亮。兩人交談後才知他是伊過世後，中年父母產下來代替伊的。他已經不小，是當年我們的年紀了。他向我問了許多伊的事，我知道的，全說了，只是大部分事情，我根本分不清到底是當時的情境，或我日後追悼時的詮釋。

後來我問他，喜歡唱歌嗎？你哥哥最愛唱歌了。他直點頭。喜歡唱什麼歌？張惠妹、孫燕姿、周杰倫。會不會唱〈夢田〉？他高興地說，會啊會啊，哥哥留下來的錄音帶裡有，是不是這樣唱：每個人心裡一畝一畝田，每個人心裡一個一個夢，一顆啊一顆種籽，是我心裡的一畝田……他突然停了下來，羞澀笑了一笑。我想告訴他，知道嗎，這卷錄音帶是我送你哥哥的呢，看見我題的字了嗎：紀念我們踉踉蹌蹌，卻有獨一無二姿勢的青春——

用它來種什麼用它來種什麼？種桃種李種春風，開盡梨花春又來，那是我心裡一畝一畝田，那是我心裡一個不醒的夢……

不過是場浪漫電影

那些熱中浪漫喜劇電影，以為可以將情節移植到自己身上的人，愛丁堡漢諾瓦特大學指出：看多了，可能會摧毀現實中的愛情。

世紀初，我曾在倫敦諾丁丘那繁華似錦的水果攤生花攤、暗香浮動的麵包店咖啡館間穿梭走繞，尋找一家有藍色大門的旅遊書店。

為的不是旅遊指南，為的是朝聖一段近乎傳奇的浪漫愛情故事。故事開始於貌似休・葛蘭的書店老闆威廉・塞克，將柳橙汁潑灑到酷像茱莉亞・蘿勃茲的美國大明星安娜・史考特身上；玫瑰的苞蕾已然成形，接下來只需適當的灌溉和陽光，以及靜靜等待，就可以坐賞花朵盛開；但是，太順遂就不成其為傳奇了，微細的頓挫一如輕抹鹽巴反倒凸顯出水果甜度，兩人逐漸走上坦途。

友達以上，威廉帶著安娜參加家族聚餐；戀人未滿，威廉意外發現安娜並非單身，他迅速縮進寄居蟹的小窩，她則飛回大西洋彼岸，回到鎂光燈熠耀閃爍之下。

半年後，因為裸照風波，安娜重臨倫敦，兩人再度碰頭，她眷戀未了餘情，他則是受驚小獸尚未平撫；離開倫敦前，安娜攜著禮物（夏卡爾真跡！）推開藍色大門做最後的努力，纖細、脆弱，微微抖顫，讓人心都碎了我永遠忘不了她說：「別忘了我只是一個女孩，站在一個男孩面前，請求他的愛。」

不言自明，這樣的故事從來不會發生在一名平凡的書店老闆身上（如果發生，就不平凡了）；當然，星月高掛天際方才下班的報社編輯——如我，也沒有這個福分；甚至，這根本就不是市井常情：這是電影《新娘百分百》的劇情，成千上萬好萊塢浪漫喜劇向全世界外銷／推銷類似的愛情故事，或許是基於對愛情的憧憬，抑或是對現實的反動？觀眾紛紛埋單。

《新娘百分百》以一個急轉彎的喜劇收場，走出戲院，觀眾難免仍沉浸於銀幕上的浪漫吧；但是，我們心裡應該明白，活生生的愛情往往並非如此，愛情也許曾經穎新如剛電鍍過的鐵器，曾經光鮮如剛裝潢好的房間，曾經華美如綻放絲絨花瓣的紅色玫瑰，卻往往，往往經過氧化產生了鏽斑，牆上水泥漆逐漸風化雜駁，花瓣轉眼枯萎委地，化為爛泥。

愛情沒那麼美好，多半時候，或快或慢，愛情走向死亡，來到布希姬・紀侯《愛情沒那麼美好》所揭露的彌留狀態。

好比：曾經狼般地愛虎般地要，突然有一天，不愛了不要了，當意識到自己處於這樣的心境，試著溫習過往，捕捉美好時光，卻找不到從愛到不愛、要到不要的那一條確切切割線；但這一切都只在自己心中醞釀、揮發，渾然不覺的另一半並不曉得他已經被嫌棄、被遺棄，而一仍浸潤在愛的想像之中。

又如：相愛時，總說心心相印，不必言語明白表示，端賴靈犀便能互通；等到不愛了，甚至連「簡單、清楚、直接但不粗暴的句子」也無法對話，睡前的溝通、徹夜的長談，一覺醒來回歸原點；不是無心，是無法，因為愛情初發生時處處牽就、推敲對方心思，但愛情到了盡頭，兩人鎖在自己的邏輯裡，說自己才懂的話。

或是：耽迷於創作、享受因此而來的崇隆名聲和忙碌行程的丈夫，把妻子當成他最忠實的讀者和崇拜者。夜裡，她想要與他做愛，而他只希望她能夠朗讀他的作品；她想要與他共度生日，他卻選擇了讀者。一個創造出不凡情節的小說家，卻沒有經營一個平凡家庭的能力。

……

令人震驚、最為殘酷的是，布希姬．紀侯並未展示什麼令人震驚的情節、殘酷的細節，她以犀利、冷靜近乎外科醫師操弄解剖刀精準劃下的文字，描寫的卻是你的我的他的、可能或是已經、經歷或者見識過的愛情面目一種。通俗但不流俗，最細緻深刻之處，直指生離死別等情態，隱隱然浮昇療癒與救贖。

唯一稱得上戲劇化的篇章，取材自二〇〇三年一樁影劇新聞：法國女演員瑪麗．譚堤妮昂出外景到立陶宛，主演她母親執導的一齣電視劇，喝過殺青酒後，在旅館與男友——搖滾樂團主唱貝桐．康達特有了爭執，酒精、毒品催化下，貝桐失手重毆瑪麗；「我」一整個夏天關注這則新聞的進展：瑪麗被送回法國了，貝桐自裁未遂，瑪麗過世了，貝桐被判八年徒刑……

追蹤新聞時的熱切不僅因為「我」和瑪麗年紀相彷彿，而或許也是因為深怕愛情的信仰遭摧毀；王子與公主的童話不都應該結束於「從此他們過著幸福快樂的日子」嗎？一旦愛情的沙堡傾頹，那還拿什麼去愛？

好吧，瑪麗不死，貝桐沒有被囚，甚至旅館裡的爭執也並未發生，王子和公主終於如讀者／觀眾的願成婚，並有了小王子小公主；就算這樣，也許有一天他們也會變成另一則影劇新聞的主角：就是那個飾演安娜．史考特的茱莉亞．蘿勃玆，新聞上說她與她的攝影師老公，私底下兩人都不愛洗澡，渾身臭氣沖天，尤其茱莉亞更是「時常讓腋毛竄出頭見人，身上總不時傳來濃濃體臭」……愛情並不總是我們想像的那麼美好，至少，不是永遠都是玫瑰花和燭光晚餐，儘管當事人或許覺得臭味相投也挺浪漫的。

那些熱中浪漫喜劇電影，以為可以將情節移植到自己身上的人，愛丁堡漢諾瓦特大學指出：看多了，可能會摧毀現實中的愛情。

漢諾瓦特大學家庭與個人情感實驗室研究了包括《新娘百分百》等四十部自一九九五年起往後十年的熱門浪漫喜劇（romantic comedies，簡稱rom-coms）後表示，浪漫喜劇讓人相信緣分天注定，一見鍾情遠勝於苦心的經營，並且誤以為相愛的兩人不必費心溝通（溝通？牢騷，抱怨，嘮嘮叨叨，在兩人之間築起鐵蒺藜），而只需四目相交（催情的音樂響起，冰山消融，暖陽和煦，空氣中飄送玫瑰花香，理解與諒解的微笑揚起，一切盡在不言中）。

研究指出：就算只看過一回浪漫喜劇，現實愛情的禍根也已經埋下。

啊，那個讓我（們）心動的時刻，燈光亮起、起身前不看到便有遺憾的：飛機即將起飛的機場，火車即將啟動的車站，汽笛已經鳴響的碼頭，帥氣的男主角、美麗的女主角及時挽留住對方，擁抱，親吻，十指交扣，世界為他們倆慢緩了節奏、環繞著他們倆旋轉，Happy Ending！原來是——毒草？

伍迪．艾倫《開羅紫玫瑰》是另一部讓我繫情的電影：美國大蕭條時代，餐館女侍米蘿的丈夫已經失業兩年，他不僅遊手好閑，四處拈花惹草，還對米蘿暴力相向，而且全賴米蘿微薄的收入餬口。現實中不如意的米蘿，最大的嗜好是看電影，在黑暗中漫舞。

一晚，丈夫竟將女人帶回家偷情，撞見了的米蘿不再聽任丈夫的甜言蜜語與暴力威脅，她決定離家出走；但是，去哪裡呢？終究還是回到了電影院，看第三回的《開羅紫玫瑰》；黑暗中奇蹟出現，電影裡英挺的配角、考古學家巴斯特突然走出銀幕，他說他——愛上了米蘿。

兩人遊走於現實與夢一般的情境，虛虛實實談了一段戀愛。

但巴斯特畢竟是虛擬人物，於現實社會格格不入，米蘿又羈絆於她過往的經歷，無法放膽去愛；最後，和那些熱門浪漫喜劇不同的是（唉！）巴斯特回到了銀幕繼續扮演考古學家，米蘿則回歸生活常軌，繼續在電影院裡織夢。

伍迪．艾倫的本意是嘲諷浪漫喜劇吧。然而，然而吸引我的，除了奧運體操選手靈巧身手般的說故事技巧，吸引我的正是浪漫至極的那些光影瞬間，當巴斯特走下銀幕牽起觀眾席中米蘿的手，黑暗中有了光，焦渴的時候有了水，觀影樂趣被推到極致。就是這些片段，是當我選擇浪漫喜劇作為該次觀影類型時，所不想錯過的。

記得當時年紀小，讀過一本至今只隱約剩下了書名、其餘不復記憶的短篇小說集：《談一場像電影一樣的戀愛》，這麼多年來我談過許多戀愛，嘗過許多苦楚，同時有甜如蜜，說我不懂得愛情闖關遊戲中有一道緊接著一道的關卡，是不可能的；但幾乎固執地我在內心保留一個角落給童話一般的愛情想像，那裡沒有對誓言的不遵守沒有無預警的消失無影跡沒有無止盡的猜測與攻防沒有深不見底的沉沒與沉默沒有皮開肉綻的傷害沒有老是好不了的潮濕傷口……

唉，這時候來一片漢諾瓦特大學研究報告、來一錠布希姬．紀侯，比較清涼醒腦吧！或是——就再一次走進電影院。

外遇不曾落幕

三個人的關係雖然擁擠了些，卻有股致命吸引力，誘惑著人一不小心便要墜入。外遇這齣戲從來不曾落幕。

報上讀到一則消息：被派遣到宏都拉斯的一名華語志工，一回參加當地婚宴，受邀上台致詞。她套用中文裡常見的賀詞，祝福新人「百年好合」。不料，一對新人聽完解釋後，竟驚恐地回應：「不要吧！要在一起這麼久啊，這太難了！」婚姻裡太難的事恁多，外遇肯定名列前茅。

話要從童話故事的結局開始說起，不再是我們熟稔的套語：「王子和公主從此過著幸福快樂的日子。」而是：「我們的婚姻擠進了三個人，太擠了！」幽幽地，黛安娜王妃說。

到底誰是那第三個人？

查爾斯和卡蜜拉結識早在一九七一年的一場馬球賽中，兩年後卡蜜拉成婚，新郎不是查爾斯，但二人仍時有接觸，直到一九八一年查爾斯和黛安娜在世人艷羡與祝福的目光中盛大舉行了世紀婚禮。威廉、哈利相繼出生後，查爾斯與卡蜜拉舊情復燃，黛安娜成了深宮裡的怨婦，同時活躍於社交場合，是鎂光燈的焦點。

一九九四年，查爾斯公開承認了與卡蜜拉的外遇。

一九九五年，卡蜜拉離婚。

一九九六年，查爾斯與黛安娜離婚。

一九九七年，黛安娜車禍身亡。

二〇〇五年，查爾斯和卡蜜拉結婚。

長久以來，卡蜜拉以破壞查爾斯、黛安娜婚姻的元兇的形象被記憶，甚至黛安娜過世十周年了，感恩紀念會舉行的同時，原擬出席卻被噓出局的卡蜜拉只好避走蘇格蘭採蘑菇，緊接著遠赴希臘散心，只是，同行的是閨中密友，而非查爾斯。

平心來看，在愛情與婚姻的不同屬地裡，查爾斯、卡蜜拉，甚至黛安娜，每個人都曾是那個第三個人，可是世人獨鍾黛安娜，除了她的個人魅力非凡，更因她擁有與查爾斯訂下的婚姻契約。對黛安娜的懷念與愛憐愈深，站在她的對立面的卡蜜拉就受到愈多的質疑。

黛安娜的故事如果不是發生在英國，或許就不會如此戲劇化了。潘蜜拉・杜克曼在《外遇不用翻譯》（*Lust in Translation*）中指出，英國有一種只存在於媒體的性文化，「該文化將通姦視同運動。賽事內容就是逮到有損某位名人聲譽的證據」；受訪者前衛生部長居禮說：名人私德，媒體「會極感興趣，連續跟蹤他好幾個星期，最後他們會比他自己還了解他」；居禮又說：「英國人喜歡看英雄人物跌跤，並且相信每張乾乾淨淨的臉孔背後總有些骯髒事。如果事實證明他們錯了，他們甚至會覺得失望。」

外遇從來不只是外遇，杜克曼走訪十國二十四座城市，企圖歸納出外遇模式，繪製情慾地圖，雖有流於刻板與膚淺的地方，但仍發現各地各有不盡相同的出軌面貌，同時有面對時的相異態度，這可從對外遇的這同一事實的不同稱呼得到暗示：英國稱外遇為「客場比賽」；愛爾蘭同樣借來運動術語：「越位」；以色列用了我們常聽到的「偷吃」，不過據說這在當地是極其粗魯的說法；荷蘭：「行為怪異」，或讓人摸不著頭緒的「在黑暗中捏貓」；日本：走岔了路（回頭是岸？）；簡直有鼓勵意味的是印尼的「美好的中場休息」；法國人小心翼翼，避免道德立場：「到其他地方瞧瞧」，某個受訪者則堅稱為「同時存在的多重伴侶關係」。

至於華人，杜克曼收集到的是「腳踏兩條船」，以及「如果是台灣男人可能只會被冠上『花心大蘿蔔』的封號而獲得原諒」（真的是這樣嗎？），不太妙的是根據統計，除了北歐和聖彼得堡，溫暖地區（當然包括台灣）的性關係比較複雜。

氣候以外，外遇問題更連結上龐大而複雜的文化網路，宗教的、政治的、經濟的等等因素都影響了外遇的型態。比如基督教、猶太教、伊斯蘭教都有嚴厲法條禁止通姦，雖然它們都明瞭拒絕臣服於誘惑是一條漫長而艱辛的歷程；至於中國，文化大革命期間，被發現外遇可能遭不人道的公開侮辱，改革開放後，「如果外遇象徵著中國的中產階級獲得自由與自我表現，那麼也同樣代表政府失去了控制權」。

當然還有經濟，更直接的說法是「錢」。杜克曼表示，金錢在中國的外遇問題上格外凸顯：一名香港雜工在「通姦者的烏托邦」深圳包二奶，理由是「深圳女孩便宜、美麗又年輕……最重要的還是她們便宜」；一份報告指出：「因收賄被判刑的官員當中有百分之九十五有情婦……官員之所以心術不正是為了滿足情婦花大錢度假、買名牌鞋的要求」（全部歸咎於女人？這倒比較像是卸責的說詞；恐怕是那些官員把這些情婦當成他們的「名牌鞋」了）；而既能擁有愛情，又可享受麵包的外遇關係，簡直具有「史詩特質」了，比如鄧文迪的故事：

鄧文迪為工廠主任之女，十六歲時結識來自美國的喬伊絲．契瑞，契瑞主動教她英文；鄧文迪深得契瑞和她的夫婿傑克的喜愛，當她提出赴美進修的構想時，夫婦倆為她申辦了學校和文件，並供應食宿，直到有一天契瑞發現了傑克在飯店為鄧文迪拍攝的撩人照片。兩年後，傑克和契瑞仳離，轉與鄧文迪結縭，不過鄧文迪在取得居留權不久後，也與傑克離婚。鄧文迪後來進入香港星空衛視工作，在擔任澳洲傳媒巨人梅鐸中文翻譯九個月後，兩人陷入熱戀，一年後梅鐸離婚，另娶小他三十七歲的鄧文迪。外遇關係猶如登天之梯，一階一階讓鄧文迪爬上人生的頂峰。

鄧文迪的故事鼓舞著許多少女！

二〇〇七年威尼斯影展，華人中，李安憑《色．戒》二度勇擒金獅，林靖傑則以《最遙遠的距離》獲國際影評人周最佳影片獎。前者有湯唯飾演為國家大義色誘已婚男人的女學生，最終卻交出了自己的心；後者有桂綸美化身為第三者，周旋於幾個男人之間。三個人的關係雖然擁擠了些，卻有股致命的吸引力，誘惑著人一不小心便要墜入。外遇這齣戲從來不曾落幕。

巴黎罷工中

當我在龐畢度中心又被拒於門外時，已無心了解廣場上員工自救會用麥克風在講些什麼了。

一到巴黎，我急不可待地便往羅浮宮跑，哪怕被譏嘲為附庸風雅，也要親身站在〈勝利女神像〉、〈米羅的維納斯〉、〈蒙娜麗莎的微笑〉，以及無數藝術珍品前，喃喃訴說長久以來的愛慕，體味被說服被衝擊被震撼的情感一瞬。記得在愛丁堡首次目睹蒙德里安真跡，我激動得像個小粉絲覩見大明星，把簡單的幾條橫線直線當成了宇宙最奧祕，每次轉身準備要走，都感覺解讀尚未完成，還有某些細節藏著神諭等待發現，如此持續一刻鐘有餘，離去時，渾身滿浴光輝，彷彿朝聖過後。

這種經驗柯慈也有過，自傳體小說《少年時》說他看著〈向西班牙共和國致敬24號〉，那一團白底上的墨黑，既神祕又具威脅，他受到震懾，「似有鑼擊之聲，從畫中發出，使他顫慄，膝蓋發軟」，完全為它所征服；但是，柯慈也曾立在傑克森．波洛克的一幅畫前十五分鐘，希望為畫所滲透，卻失望了。於我，這後一種體會似乎更深一些：看畫也像費洛蒙的召喚，充滿著難以言宣的大自然劇場法則；但這回我不怕，我帶著長時間積聚的想像和期待而來，就算被排拒，也會像大海為了不讓人游泳而猛嗆人一口，不會是毫無感知的。

然而在巴黎，我連這樣被嗆一口的機會也失去了：當我急急趕到羅浮宮，廣場上早集結了一批遊客，他們不是排隊等著購票，他們看似散漫，三人一群、五人一隊，卻瀰漫著一股義憤，一方面聽玻璃金字塔前館方的說話，同時議論紛紛；我湊上前去，聽了一會兒，搞清楚員工罷工，今天羅浮宮不開放；為什麼罷工？又過了一會兒，知道大概是財政困難，薪水短發。這些問題我無心思深究，我想知道什麼時候罷工結束。

繼續捕捉關鍵字眼，遲遲得不到答案，乾脆開口發問，用的是英語。館方簡單回我一個聳聳肩、我也不知道的表情；我還來不及咀嚼，一個女聲便以彆腳的英語指責我：你在巴黎，不會說法語，真是糟糕透了。女人一身火紅，紅帽子紅洋裝紅色高跟鞋，還有描畫得精緻的紅色唇形，在一張一闔說著紅辣椒一般的話語。

這就是巴黎的待客之道？

寫《巴黎晃遊者》的愛德蒙・懷特說：「巴黎人敏捷的思路，特別是那權威式的口吻，常讓那段時期來自各地的年輕外國人膽怯不已。」柯慈講得比較委婉：「世界上有兩個或許三個地方，是人生可以活得最飽滿的所在：倫敦、巴黎，也許再加上維也納。巴黎排第一：愛之城；藝術之都。可是要想住在巴黎，非得先上過那種教法文的上流學校。」

後來朋友告訴我，我並非來自英語系國家，不要一開口就用英語，好像它是萬國語言，逼得巴黎人非說不可；我可以試著直接說母語，巴黎人「莫宰羊」，英語才在兩方「協調」出可以溝通的語言中出線。

但那時候，羅浮宮前，維持住自尊似地我只回她以聳聳肩，滿心不高興地，轉身走開，沿著塞納河往奧塞美術館踅去，人流中許多同樣自羅浮宮轉移陣地的；奧塞美術館由火車站改建而成，以自然光源著稱，旅遊書上說三樓典藏了大量印象派畫作，對我的吸引力遠遠勝過羅浮宮。

不過，奧塞美術館也沒有開放。

一群遊客，包心菜般團團圍著大門上一張A４大小公告瞧，裡邊的人看過後往外擠出，外圈的人遞補進去，我終於也入列到核心，看見A4紙上空白處寫滿了各種文字，包括中文。都是些憤怒的話語。遠從世界各個角落來到花都，多少人是為了目睹長久以來只能在印刷品上看到的藝術品，罷工就算再有道理，也不容易贏取同情，因此當我在龐畢度中心又被拒於門外時，已無心了解廣場上員工自救會用麥克風在講些什麼了。

啊。我的羅浮宮。我的奧塞美術館。我的龐畢度中心啊。

就這樣，四五天裡，我日日重複叩訪幾座美術館博物館，像心中結了一個非解不可的結卻無法如願。終於我決定縮短駐留巴黎的時間，提早南下亞維儂。搭TGV列車，迅捷而平穩地駛出市區，車窗外遠遠綠意映來，豁然開朗地我才意識到，巴黎哪裡只有那些餵我以閉門羹的展覽場？西提島的鳥市，凡芙的二手書、善本書市，克里雍庫的跳蚤市場……巴爾札克走過，波特萊爾走過，尤金・阿傑走過，班雅明走過的巴黎，我都還沒有走過呢。

跟著西西看房子

我想站在莫內的書櫃前（法國人並不特別高大，大概不必踮起腳尖吧），細細數看他的園藝書籍……

一九九三年台北故宮博物院舉行借自法國瑪摩丹博物館的「印象派大師莫內與其同時期畫家聯展」，我也插身擁擠不堪人群中去看了。十餘年過去，對大師之作的印象正如他的畫面所表現的，筆觸參差，色彩迷濛，只餘下了光影氤氳，一如似乎、彷彿、猶如、好像的說不清楚。

但是，印刷精雅畫冊上一段介紹，卻深深銘印我的心版上，莫內說：除了繪畫和園藝，我真的一無所有。還提到，在莫內書房中，最多的不是畫冊，而是園藝書籍。我常拿這件事來說嘴，好像我對園藝的雅興因為大師加持，而更顯得高尚了；並且嚮往著要去看看大師窮後半輩子戮力經營的吉維尼花園。

二〇〇一年我隻身去到巴黎，不巧碰上公立展場大罷工，鎮日裡我徘徊於羅浮宮前奧塞美術館前龐畢度中心前廣場，一日日呷著閉門羹。一個星期後決定提早南下普羅旺斯，臨行打算去一趟蒙馬特聖心堂，途中，三分鐘不到被訛詐了一千餘法郎。帶著挫敗心情搭上TGV，南下旅次中我驀地清醒，巴黎一周間我哪裡都沒去呢，甚至連西北郊外七十五公里的吉維尼。

這幾年來，睡蓮池、日本橋、黃飯廳、藍書房召喚著我；尤其，我想站在莫內書櫃前（法國人並不特別高大，大概不必踮起腳尖吧），細細數看他的園藝書籍。

可惜我一直未能夠啟程。不過，西西去看過了，並且用她的文字把場景鋪展在我眼前，那是——不僅僅「代」我去看了，還「帶」我去看了。

西西說，莫內的小書房其實是飯廳，晚餐過後全家人在這裡交誼，裡頭有個諾曼第大木櫥既是碗碟櫥，也可當書櫃；接下來她的描述，就好像是我與她並肩站在現場低語，交換意見，並作出結論：

> 櫥裡有什麼書？我仔細瞧過了，是植物學書籍；二十三本一套的歐洲園林花卉、園藝大辭典、園藝百科全書。他是園藝迷，三十年來一直訂閱園藝

指南。

這是西西式小品雜文的獨特魅力，每名讀者都可以各自在不同片段裡，感受到他並非眾多讀者中的一名，而是——唯一的那一名：西西是在為我而說，西西是在為我而寫，西西不僅僅是嚮導，西西根本就是我隨行的友人。

就算交情還稱不上密友，也至少是遠方歸來後，旅人在文藝沙龍的分享。當然，她在旅途上也有視而不見的所在，正因如此，得以專注於一兩樣細物，其中最得她青睞的，是房子；擷取圍繞屋子而發的種種物質與非物質談資，西西大廚將美學形式、藝術潮流、人文典故，那些知識性材料全都熬得像糜爛八寶粥，熱量與營養在「好好吃」的讚美聲中愉快划進腹肚裡去。

比如西西說，哲學家維根斯坦設計過一幢三層樓高、方盒子似的屋子，水泥、鋼骨、玻璃，始於簡潔也終於簡潔，「彷彿《邏輯哲學》般嚴謹」。這樣類比已經生動鮮明。緊隨之後另一則小品，她又提到，維根斯坦將這幢屋子送給二姊瑪格麗特，但是西西懷疑：「她是否真的喜歡弟弟送的禮物？」因為西西從克林姆為瑪格麗特所作畫像研判，穿著那樣繁複、精美、「活脫脫是後來三宅一生設計的時裝」的瑪格麗特，喜歡的，應該是巴洛克式華宅。

至於旅途上的遭際，富含情味與趣味：西西參觀林布蘭故居，看守的老人見沒有其他觀光客、見她流連許久，竟讓她坐上畫架前，指導她畫油畫的架式，讓她扮了一會兒大畫家林布蘭（拿的是畫家拿過的畫筆嗎？我想不是。如果是，而我是那一會兒的西西，我會興奮到顫抖）。又比如，明明知道已趕不上居禮博物館打烊時間，西西還是趕了去，進不了館她也無所謂，因為她只是來致敬罷了。為什麼？「是她發明了鐳，而我，是接受過放射治療的癌症病人。」

建築、時尚雜誌*CASA BRUTUS*日本建築專輯中，曾以美國自由女神像、埃及獅身人像、大阪道頓堀有慢跑者的看板、東京淺草寺雷門等知名建物剪影，對照奈良東大寺大佛殿是世界最大木造建築，這些標的物都甘拜下風，一張圖就說明了許多。西西《看房子》也有這樣視象化的妙處，她說：比起巴黎凱旋門，拉德芳斯的大拱門大上許多，「門洞遠看甚小，其實可以容納整座巴黎聖母院」。只消一句話，就把大拱門的「大」烘托了出來。

隨著西西的指點我一路走來，發現《看房子》最上乘的，還數每一則小品收尾的俐落勁道。

林文月先生參觀京都桂離宮，醉心於枯山水，遲遲不願離去，嚮導提醒她：起身吧，否則要暈船了。西西這名嚮導也有這樣的果決，也有這樣的幽默。看的是房子、說的是故事，房子看畢、故事說完，就要前往下一個景點；西西不八股也不做作，不感情橫流也不知性強出頭，在那些最好的篇章裡，她像茶館裡老手，把茶水透過長長壺嘴，遠遠地拋射進茶杯裡，戛然收止，桌上不濺一顆水花。

綁架巴塞隆納

公園裡一名中國女人得知我的目的地，眉頭一皺，說，什麼地方不好去？去那個強盜國！

抵達聖哲車站時，晚上十點鐘，我轉搭地鐵，準備前往格拉西亞大道投宿。

動身到巴塞隆納前，身邊提得出建議的，不論熟識與否，沒有人表示贊同，理由很一致：西班牙太危險！每個人都說得出一兩件自身或口耳傳聞的遭劫遭竊的經驗。但是，那裡有高第米羅達利和畢卡索！看我執意前去，他們緩了緩口氣：好吧，不管被搶被偷，也是增加了人生的閱歷。

甚至入境當天，我離開亞維儂，在法西邊界小城Montepllier換乘火車，逗留一整個午後，公園裡一名中國女人得知我的目的地，眉頭一皺，說，什麼地方不好去？去那個強盜國！她說，幾天前她丈夫的同事才在當地被搶。她懇切地說，你也不要多求什麼，求一個身子一張機票回台灣去就好了。臨別時，她鄭重以「祝你平安啊」為我送風。

一上火車，窗外景致逐漸不同於普羅旺斯，不久後，便為荒瘠的遠山、墨綠橄欖樹田所取代，是十月底，天空清澄如水銀，艷陽烤得土地一片乾褐，如此光景，合該有一〇八條好漢守著。途中，一名青年坐霸王車，被孔武有力查票員幾乎拎著脖頸離開了車廂。行李架不在視線裡，我心中惦念著，後來索性棄捨了自己的座位，儘量撿挨行李近的位子坐。同一車廂一名單身女人，每半小時起身查看行李一遍，每回靠站，她便直盯著行李瞧，把空氣翻攪得躁鬱不安。

氣氛在進站前一刻鐘達到高潮，一名彪形大漢朝我身旁一坐，大喘一口氣，把一只鼓漲而陳舊的真皮皮箱平擺腿上，打開皮箱，拿出來的，竟是好厚一疊鈔票。這名男人的鬍鬚蓋住了半張臉，膚色紅棕，高大壯碩。他心滿意足地算數著鈔票。他不會是綠林大盜，而且，剛幹完一票吧?!

還好，還好他穿著站務員的制服。

當一夥一夥的背包客紛紛在舊市區落車，我仍執意前去Passeig de Gracia，旅遊指南上說，格拉西亞大道治安較佳。

就這樣，為成見所綁架的我，來到了為成見所綁架的巴塞隆納。

建築嘉年華

Barcelona，Bar 酒吧、Cel 天空、Ona 海浪等自然環境、人文氛圍造就下，孕育出畢卡索、米羅、達利，以及高第等不世出的大藝術家。

相較於倫敦第一眼我有掩不住的失落，巴塞隆納不同，截然不同，只有驚艷足以形容。

灰澀澀的天空，空中捲動的枯葉，街角翻飛的紙片，這是倫敦贈我的見面禮；巴塞隆納迎接我的，則是淺浮雕地磚一路迤邐而去彷彿紅地毯，路旁一支支帳篷底觀光客夜消，發出好似陽光讓樹葉篩過的細碎笑談，還有，巴特由之家！

高第的巴特由之家站在通衢對岸燈火輝映下，精巧、瑰麗、天馬行空，宛如某個祕教祭儀場所。高第自己說過的：夜幕籠罩下，它將像一座位於天堂的房子。——晚間十時許，我拖拉著行李，為巴塞隆納治安欠佳的流言所綁架地，選擇投宿於市中心精華地段感恩大道上，一冒出地鐵，就被這幢天堂的房子所撼動，它微微欠身，笑道「歡迎光臨」。

塞萬提斯誇口：「巴塞隆納是世界上最美的城市。」大小說家說此話，不免有楊牧式的「花蓮菜市場後面那條排水溝之情意結」的「水是故鄉甜」心態作祟？但於旅途上擦身而過的英國人，比如愛丁堡的房東夫婦、劍橋為我撐篙的牛津大學應屆畢業生，等等，也都說他們最嚮往的城市，不是倫敦，不是紐約，而是巴黎，以及巴塞隆納。安徒生則說：「巴塞隆納是西班牙的巴黎。」看來，巴塞隆納之美，早在高第之前——塞萬提斯過世二三六年高第才誕生，而安徒生同時稱美兩座城市時高第才十歲，他還不成為一個符號，遑論巴特由之家、米勒之家、奎爾公園、聖家堂……

高第之後，巴塞隆納肯定更美了。

有人問我，或者我藏不住話地自問：在你走過的城市裡，最喜歡哪一個？我回答：每個城市都有它自己的好，愛丁堡如武士，約克像仕女，倫敦初看不起眼，卻是一口掘不盡的寶庫，倒是巴黎印象就不好了，既碰上罷工，又遭逢街頭郎中三兩分鐘內誆去我一千餘法郎……我把巴塞隆納放在最後頭講，不僅因為它是那趟三個月自助旅行的終站，還因為我要拿它壓軸，好像戲要終止於最高潮、煙花要在最燦爛時分結束：巴塞隆納，是我走過歐亞十幾二十個城市裡，最美的那一個！

巴塞隆納，Barcelona，Bar 酒吧、Cel 天空、Ona 海浪等自然環境、人文氛圍造就下，孕育出畢卡索、米羅、達利，以及高第等不世出的大藝術家。畢卡索博物館我去了，蜿蜒古老巷弄間一顆神采璀璨的明珠；米羅美術館我去了，啊！那與伊比利半島陽光相映襯的奕奕精神；菲格雷斯的達利圓形劇場當然也乘火車前往朝聖了，達利的眼睛和我們的眼睛是一樣的嗎？唯有高第，不一定要去哪裡，走在街頭他就在身前，搭公車時他是車窗外流動的風景，我像是置身建築博覽會，參與一場建築嘉年華。

那個晚上，我四處覓尋，幸賴幾名當地人的協助，終於在子夜時分落腳於一家小旅店。旅店就位於巴特由之家側旁巷弄中，每天晚上返回旅店前，我都到街角買支冰淇淋，在巴特由之家前閒閒坐一會兒。建物細節、質材、工法、元素、典故，書上都有不厭其明白的資料，有了資料參佐，更能讀出它的豐富；但是我，坐在那裡，嘴上舔著冰淇淋，僅僅看著，我深深感覺到（愛因斯坦說：直接領悟的心，是上天給我們的神聖禮物），我深深感覺到不會再有第二個高第了。

大藝術家不會絕跡，但高第只有一個。

一日，我打算參觀米勒之家，它的煙囪和通風設備讓喬治．魯卡斯借去當成了《星際大戰》中武士、衛士的造型。公車上一名少女翻讀雜誌，翻著翻著，赫然停留在中正紀念堂的跨頁彩照上。中國傳統建築的規矩井然和高第的自成規矩，真是位於天秤的兩端。來不及猶疑地，我指著彩圖告訴少女：我就是從這個地方來的。我還說：我喜歡巴塞隆納，這真是個美麗的城市。少女微微一笑，臉頰都紅了。車子正好駛經米勒之家，陽台上幾隻鐵鍛的禽鳥拍翅，有的即將翔起，有的準備棲止。

另一日我去奎爾公園，走過戴著糖霜屋頂的薑餅屋也似的辦公室，遇上一隊校外教學的小學生，管不住的天真更凸顯出那六彩五顏的馬賽克，奇思異想的造型，高低起伏的局勢；我想：這不正是一座遊樂園嗎。是那貌似糟老頭的高第的內心反影啊！

還有一日，我來到了聖家堂。承辦這樣一件大工程之初的高第，當年還是個小角色，據說他之所以被委以重任，是因為這個亞利安人有一雙澄澈藍眼睛。我排在隊伍裡，看工人好整以暇裁切準備做馬賽克的磁磚，有小學生向他索討，他欣然奉送；我遲疑了一下，也伸出手去，工人沒有搭理我；我微微笑著說Please!，他遂遞給我一塊三角型的磁磚，小巧、純白，釉面光滑，邊沿銳利。

我在巴塞隆納花錢買了大量紀念品，但是這塊免費的磁磚最為我所珍愛。

最近在報上讀到消息：西班牙打算興築高鐵聯結馬德里和巴塞隆納，將緊鄰著聖家堂開鑿隧道，恐怕危及此一世界級建物。數千名當地民眾發表聲明抗議，聯合國教科文組織委外單位評估後公開反對，巴塞隆納大主教呼籲改道，逾百名教授聯名勸諫……但是政府說，這些異議者俱為憂天的杞人——

唉，一九二六年高第橫遭電車撞死，八十一年後，高第的遺腹子也飽受大眾運輸工具的威脅！

換季隨想

一櫥子衣服各有各的身世，我的衣櫥就是全球化的縮影。

今年天氣涼得早，中秋過後，每下過一場雨，氣溫驀地便下降一些；過去十餘年來海島深受聖嬰現象影響，秋老虎肆虐，暖冬當道，這涼得早的天氣倒喚醒了我童少時代在鄉下生活的記憶，那時候冬天那麼猖獗，那麼來勁。果然，在報上讀到一則豆腐乾大小的報導，專家說：今年的現象是「反聖嬰」。也就是，並沒有不正常，而是回到了十餘年前的正常。

無論如何，十一月初度，是該換季了。我將冬衣自貯藏箱拿出，夏天的衣服該先送洗的、該直接收納的，心裡自有一套想像。哪知道手拙，亂忙幾日後，屋子裡衣物東一堆西一堆，讓我很想搬到旅館住。只好預約了朋友的假日，協助我處理這款繁瑣到令人心煩的瑣事。兩人邊整理邊聊天，才發現一件件衣服都有些故事，某個人某件往事，有些事過於私密不方便當談話頭，但是哪裡買到的，倒是脫口而出。

駝色有綿羊毛領子的外套是愛丁堡買的。藍色降冪羊毛圍巾是愛丁堡買的。墨藍色胸前有白底紅色十字旗的長袖T恤是倫敦買的。白色圓領衫也是倫敦買的。墨綠色短袖T恤是峇里島買的。米色邊縫咖啡色長布條的牛仔褲是東京買的。隱約草履蟲圖案的淡橘色襯衫是香港買的。等等等等。一櫥子衣服各有各的身世，我的衣櫥就是全球化的縮影。

雖然稱不上旅行就是瞎拼，但在旅途中，出手畢竟闊綽許多。幾回香港行，行李帶得比回老家還輕便（回老家往往攜帶一雙不知拿它如何是好的髒球鞋給媽媽「料理」去），心想，反正到時候逛彌敦道買一身新行頭返台。

或是那年在歐洲，三個月自助旅行來到最終站——巴塞隆納，終於擺脫匯率居高不下的英鎊，以及蓄勢要轉換成歐元計費的法郎標價，我看到巴塞隆納商品親切的要價，略鬆了一口氣，掏腰包往往未多加考慮。給親人朋友的禮物當然這時候張羅，連覓尋多時不著的冷水壺都發現了一隻陶製的，牛仔褲、T恤、襯衫、玩偶、明信片、書、畫冊，滿手提袋，累了坐露天咖啡座舔冰淇淋，歇一會兒腳，聽見鄰座兩名年輕女性高聲說話，正納悶她們倆為何離得老遠，低頭朝桌下一瞧，才發現相對兩人腳前有一排紙袋；巴塞隆納的土產之一是「治安不佳」，這兩位女性藉此護衛一日的戰利品，形成了漫畫式的一幅圖像。

一個星期過去，我將堆在旅館房間的什物打包進硬殼行李箱，偌大行李箱鼓漲漲的像暴飲暴食，還好，手邊正好有一隻剛買的大側背包，自然也裝填得沒有絲毫間隙。

誰知機場check in時，甜美的櫃檯小姐和善告訴我：「對不起，你的行李超重了。」她指著磅秤：「超重九公斤，我只算你六公斤。」她問我有無異議，我說就這樣吧，她接著說：「所以你必須繳行李超重的費用是——」我換算回新台幣，天啊，四千五百元！以我一箱子拉拉雜雜的物什，賠上這筆錢，巴塞隆納低物價的便宜我是一點兒都沒有貪到。何況這個「便宜」是相對於倫敦、巴黎的便宜，不是相對於台北的。

但比起接下來將要發生的，罰一點錢算小事一樁。

登機後，好勉強才把我龐巨的側背包塞進座位上方行李櫃；坐定，飛倫敦轉機；廣播傳來即將著陸，回座位，繫安全帶，椅背回復原樣，緊接著「碰」一個震動，飛機落地同時，座位上方行李櫃倏忽彈開，我的行李三分之一跌出櫃外，作勢落下。我慌了，猶豫片刻後解開安全帶，想將行李卸下，但它卻卡死半空中，推不進去，拉不出來。空服員急過來請我坐好，繫上安全帶。我無奈望著進退兩難的行李，耳中傳來乘客竊竊私語。好窘好窘。

哈哈哈，朋友把摺好的一件襯衫壓在胸口哈哈大笑起來。屋子外，秋天的雨水敲打窗玻璃，叮叮鈴鈴。屋子裡，笑完了，他又摺起衣服，一件一件妥貼地擺進收納箱。

開往菲格雷斯的列車

那些在此地在彼地，我們被定義被叮囑被催促被逼迫必得履行而非旅行的瑣碎碎，因為在路上，得以暫時放下，喘一口氣。

我端詳錶面，確認了時間，開往菲格雷斯的列車應該啟程了！

然而列車，遲遲尚未進站。

仰頭張望屏幕上電子時刻表，對照手中車票，時間、月台、車種，無一有誤。我掉轉目光焦點，沿鐵軌如箭一般射向遠處。月台白熾燈光後方，鐵軌逐漸為暗黑吞了去，極遠有白光微微，反噬黑暗，黑與白互為輪廓。

而列車遲遲不來。我再度抬腕確認：西班牙時間較台灣晚六個鐘頭，早上十時二十分開出的列車，在我還顯示著台灣時間的二十四小時制腕錶上，理應為——是的，我沒有搞錯，而火車也確實沒有進站。我左張右望，希望可以找個什麼人跟我討論，可是身旁背包客三三兩兩，這裡一叢那裡一簇，也全惶惶作響。他們，在這十月的最後一個星期天早晨，都將跟我一樣準備前去有達利圓形劇場的小鎮吧。然而，我們都被困在Sants車站裡頭，著急著。

難道，我們已經走進達利那攤軟如麵皮的鐘面之超現實世界裡了？境遇相同使我在心理上與其他陌生人結為夥伴，因此不感覺擔憂，甚至暗喜著：一趟沒有周整計畫的旅行，沿途隨興之所至地投宿、漫遊，我意識到這一路上發生的波折、不順遂，反倒將於日後談起時成為熠熠閃爍的一等星。

我趨向一名窩在角落看來氣定神閒的年輕人，想問明原委，他聳了聳肩、雙手一攤，一副你問我我問誰的模樣。可能只是另一次誤點，我安慰自己，西班牙諺語說：匆忙的人提早進墳墓。但，如果是我自己的差池呢？

——在倫敦國王十字車站，我打算前去布萊頓。立在月台上，是發車時間了，可是車廂甚至連門都沒有開啟，耳中響著催促鈴聲一陣陣，一時我慌了手腳；還好還好，一名穿黑色風衣、持長柄傘的英國紳士拍拍我肩膀，指向同側月台另一頭的車廂，我會過意來：停在同一月台的，不見得是同一班次的列車。

——類似情形在法國邊境城市Montepllier搭火車前往巴塞隆納時又發生了一回：月台冗長，我看著火車進站，駛過我身前，停在遠遠另一端，要過了那麼一會兒，我才意識到這正是我等的那一班，趕緊拖拉著沉重行李箱，狂奔，喘氣吁吁……

我喜歡搭火車，或者也不僅僅火車，只是它更富有古典的美感。並非貪看沿途風光，而是，那是一個中繼，一道橋梁，從此到彼的過渡。因為被拘限於某一個空間，被反鎖於某一段時間，遂得以名正言順放下，那些在此地在彼地，我們被定義被叮囑被催促被逼迫必得履行而非旅行的瑣瑣碎碎，因為在路上，得以暫時放下，喘一口氣。

我喜歡在路上，常常，我搭公車希望公車無休無止繼續往前開下去，我搭捷運希望捷運無休無止繼續往前開下去；我搭火車，火車啊你也要沒有休止地開下去啊。

想想，我這趟歐洲自助旅行，不也是從此地到彼地的一段過渡嗎。雖說戲劇化的出走理由是某日在網路讀到一則提問：「如果你的生命只剩最後六個月，你最想做什麼？」因此安排半年的旅行。但其實，更內在的原由卻是：三十初度的我警覺到是該找個位置安措自己，就像樹木也到了應該定植的時候了。我也想試著在這社會的眾多角色中，找到一個適合的、安定的，將自己穩穩種下，並期待著在收穫的季節能夠結實纍纍。於是有了這一段旅行，這是一個儀式，儀式過後，你就不可以再是個任性的孩子了喔。

不似人生長旅中的難題往往讓我不耐煩、無力感，旅途上的波折、不順遂我卻視為經驗的開拓，試著觀察、理解、解決，從中得到一點什麼；而現此時在Sants車站，我所想弄清楚的則是——為什麼火車遲遲不來？

後來是一名中年男人給了我解答：他向我靠近，近得我必須往後退一步，再退一步。自己一個人啊？從哪兒來的？要去哪裡？叫什麼名字？之類的問題後，他自我介紹。是個四十出頭的阿根廷男人，在馬德里工作，到巴塞隆納度假，他問：「晚上有空嗎？可以請你吃頓飯嗎？」我問，火車為什麼不來？喔，他抬起手腕，湊近我，指著錶面向我解釋——啊，原來如此（注）。我微笑，點頭，稱謝。他又問：「晚上請你吃飯？」說著伸過來一隻手，我趕在碰上我的臂部前一手拍掉。

一日我下班，因為臨時出了點狀況，走出辦公室時已經很夜了，平時燈火燦爛的台北信義區，這時暗而且靜，卻有一班火車等在辦公大樓前的忠孝東路上，自車窗散射出熒亮光芒，我奔上前，車門霍地開敞，司機蓄著八字往上翹起的長鬍，斜睨癱軟在案上的鐘面一眼，說：「等你很久了。歡迎搭上前往菲格雷斯的列車！」車門關上，硿嚨硿嚨，火車緩緩跑了起來。

司機胸前掛著名牌，他叫薩爾瓦多。

除了薩爾瓦多，車廂裡只我一個人。只有我一個人暗暗發誓自那回歐洲長旅後便要安定於一個職位、一個角色，而終於，終於發現那對我來說畢竟是太勉強了。（只有我是這樣的嗎？）這幾年來，我耽迷於生活在他方的細節，訴說、書寫，訴說與書寫的同時彷彿又經歷了一回，並且不時想望著再度出走，時間更長距離更遠、更富有冒險性的大旅行；平日，背包裡常有幾本旅遊書，翻翻讀讀。（只有我是這樣的嗎？）都說要生活在當下，但如果不是對遠方有渴望、對未來有想像，如何能夠忍受當下機械似的今日拷貝昨日，任生命之焰溫溫吞吞？

（真的只有我是這樣的嗎？）

列車靠站，走進來一名上班族，他把西裝拎在手上，領帶已經解開，白襯衫鬆垮垮，一踏進車廂便嘀咕著：「等好久了。」陸陸續續，列車又停靠幾站，上來了幾名乘客，男男女女，疲倦的臉上都為著終於等到這一班列車而煥發光采。薩爾瓦多轉頭，捻了捻八字鬍，歪斜唇角對我微微一笑：「出發囉。」火車加速，硿嚨硿嚨，終於騰空飛起，穿越暗黑包圍，向白光微微的遠方直駛而去。

注：每年十月的最後一個星期天，西班牙由夏令時間轉冬令時間，當天凌晨三時，時間撥慢一個鐘頭。

陌生化的遊戲

「旅人」這個身分，可以使我與我所生活的城市保持適當距離，為的卻是親近它。

偶爾地，我走出家門就像走出旅店，假裝看不懂街頭店招上的方塊字，假裝聽不懂身旁行人嘴中冒出的一字一音（我的克羅埃西亞朋友打趣說，你們中國人取名字，就是將鐵罐子從山上踢下，發出了什麼聲音就叫什麼）……假裝我是一名旅人，眼前鋪展開來的景致全然陌生。

藉著陌生化的遊戲，重新認識這座城市。

我俯仰生息於這座城市已經二十多年，曾經它給過我的衝擊、我對它的好奇，都逐漸沉寂。熟習使我心安，卻也讓感官日漸遲鈍，當我化身為一名旅人，把自己的五感張開，像網罟撈捕，像雷達偵測，我再一度感受它曾經給我的新鮮，蓬勃著探索的慾念，就像細心打磨，重現讓斑斑鏽跡掩遮掉的細緻雕花紋路。

走累了，就近窩進小咖啡館裡，取出背包裡的旅遊指南，把台北的史地了解個梗概，知道它最早是凱達格蘭人的活動場域，明代初期漢人進駐，十七世紀西班牙人占領，荷蘭人來了又去了；它也曾在鄭氏王朝的勢力範疇內，但直到十八世紀初，幾名泉州人合股成立陳賴章墾號，開墾大佳臘（tagal），台北盆地才真正逐步開發……

常常，我（們）對遠方的生活，更充滿熱情與想望，比如說吧，我所念念難忘的巴塞隆納，西班牙迦泰隆尼亞自治區的首府，我熟讀過它的歷史沿革、發生在這裡的種族衝突與融合，興致盎然地一座又一座去參觀米羅、畢卡索、達利美術館，並為著閃逝於車窗外的高第建築匆遽落車，前去瞻仰，徘徊、低迴，久久不願離去。

又比如說吧，因為即將啟程前往京都、奈良，我把地圖貼在牆上，瀏覽實用資訊，閱讀以京都為背景的《金閣寺》、以奈良為背景的《鹿男》，一遇上地名，隨即在地圖上指認方位，至於幾年前在香港購置的東山魁夷《尋覓日本美．唐招提寺之路》則讓我當成了旅遊指南；然而台北，於我似乎熟稔如行在自家的灶腳，但其實，其實我（們）對它只有橫剖面的當下的了解，缺乏縱深的歷史的認識。

「旅人」這個身分，可以使我與我所生活的城市保持適當距離，為的卻是親近它。

飲過了咖啡，把旅遊指南收回背包，埋單，走出咖啡館。這時候我要回復為這座城市的住民，抑或依然玩著偽裝成旅人的遊戲？端視當下那一刻心情而定。

台北演化私人史

短短十年，十年短短。同一個地方如塑料聖誕樹的裝飾已經掛上，電源一接通，一樹晶瑩剔透。

東區以東，台北一〇一

捷運台北市政府站。我混在人流裡落了車，或許慣習於自助旅行，故而對一臉茫然旅人自然有份感同身受，偶爾地會有人：操著粵語呱啦呱啦小情侶、淺膚色淺髮色洋人家庭，或是一身俐落單槍匹馬，比著旅遊指南上圖片問我怎麼走；圖片只如郵票大小，但我瞄一眼便能自動在心中補足細節；那是一棟宛如方竹一節一節往上竄長的巴別塔，世紀末開工，二〇〇四年完工，本名「台北國際金融中心」，暱稱「台北一〇一」。

玫瑰如果不叫玫瑰，仍然不改芬芳。吸引觀光客前來的，自然不會是它的命名，而是它高達五〇八公尺；甚至不是它的高度，而是它的頭銜——世界最高建築。好像到了奈良不能錯過東大寺——世界最高木造建築，到了法國南部想去走走米洛大橋——世界最高橋梁，如若身在吉隆坡，又哪能不去看雙塔？它也是世界第一高。喔，不！台北一〇一落成後，璽印已經交接。

辦公室就在捷運市府站附近，工作空檔駐足玻璃帷幕旁，不遠處台北一〇一以拔地之姿聳立跟前，晴日裡閃著耀著亮白光芒，陰天時端頂藏進雲繚霧繞，飛航警示燈若隱似現。

我並不欣賞這棟建築，並非基於建築大師萊特譏評曾經的第一高樓帝國大廈為「貪婪紀念碑」同樣的社會良心，也不因為它果然印證了謠傳卻又言之鑿鑿的建成世界第一高建築的國家，該國經濟將隨即江河日下；而是，肇因於它的造型，節節高昇的蘊意太張揚，富有民族色彩的裝飾又太感性，如此招搖卻又不美，怎麼看都不該成為一座城市的驕傲。

但也許時間會證明我是錯的，十九世紀末艾菲爾鐵塔落成，莫泊桑說，欣賞鐵塔的最佳地點就在鐵塔內部，因為那是巴黎唯一看不到鐵塔的地方。可是現在，巴黎鐵塔之於巴黎，已如克拉克・蓋博不能沒有脣上一溜小鬍子，瑪麗蓮・

夢露拍照總是要噘嘴。

儘管如此，台北一〇一站在那裡，的確曾經使我動心，不用說每年跨年倒數，數萬雙眼睛仰望那上百秒鐘的璀璨異常；平日，彩虹的七款顏色依序在星期一到星期日的黑絲絨般夜空中發光，多年前這個工作找上我，主管約我吃晚飯，用過餐推門離開餐館，走進小巷裡，一擡眼便望見它亮在眼前。

它亮在那裡，好像就標示著為它澤被的這個信義區，便是這座城市的首善之地，如果在紐約是曼哈頓，如果在倫敦是倫敦市（City of London，西提區），如果在上海是浦東新區，一種想像，一種虛榮；是的，就是虛榮這種對人不易對自己更難以承認的一瞬情緒作祟，我把工作應承了下來。

其實，這回是「鳳還巢」，一九九八年起我就曾在這個公司服務了兩年，那時候也住附近。

那時候，這裡還沒有台北一〇一，還沒有誠品書店複合商場，沒有我總是搞不清編號好幾家新光三越百貨，沒有數不盡的豪宅林立……雖然市政府、華納威秀影城、世貿中心、凱悅飯店、新舞台已經使它有錐處囊中的態勢；那時候，夜裡散步還會聽見青蛙嘓嘓嘓，五六月間聞得到野地裡梔子花香飄送，馬路邊簡陋園籬裡一畦畦青菜，農夫農婦彎腰澆水徒手薅草……

短短十年，十年短短。同一個地方如塑料聖誕樹的裝飾已經掛上，電源一接通，一樹晶瑩剔透；再早十年，我剛自南部農家北上的一九八八，一枝枝塑料針葉尚未插妥，地面上立著的，只有枝葉稀疏的骨幹。這個城市演化太快。

演化太快這個城市。二十年前我讀過一則消息：信義區某廢棄軍營一座池塘成了生態樂園，保育人士籲請保留；消息在報上披露，一夜之間，推土機轟隆隆如變形金剛開進軍營。二十年過去，插著刺刀的步槍長成世界第一高樓，養著水族的池塘化成地下停車場，那些被驚嚇了的候鳥留鳥青蛙蟾蜍又與飽受壓力、體內畜著一頭脆弱軟體動物的都市人何其相像。

西區，紅樓

信義區位於東區以東，與它遙遙相對的是西區，這裡也有一頁我親身體驗城市演化史。

二十年前，我帶著父親「你作什麼決定都好，但不管作什麼決定，都要能夠為自己負責」的叮嚀負笈北上；搭野雞車走中山高，自林口台地進入台北盆地，我趴上車窗要牢牢記住這座城市第一眼，當車子橫越淡水河將直抵城市的心臟

——台北火車站，我自高架道路上張望到的是中華路上中華商場，長長一列方塊建築宛如火柴盒排列，斑駁，雜亂，不是想像中光鮮亮麗，但興奮壓過了其他情緒。

我的一名馬來西亞同學的感受就大異其趣了。他的台北第一印象也是中華商場，「很失望」，他說，他萬里迢迢來到台灣，為的是龐巨的中華文化想像，而非幾棟爛房子。

中華商場位在中華路西畔，中華路原是日據時期北市最敞寬的馬路，縱貫鐵道沿路興築；國民政府播遷來台後，鐵道兩側冒出大量違章建築，凌亂不堪，六〇年代市府加以整頓，在原地蓋了商場，忠孝仁愛信義和平也是中華文化符碼，一共八棟三層樓建築。

這座台灣最早集合商場，到了末期已如都市的腫瘤，我親睹它最後四年時光；然而，有記憶的地方最美，一棟連著一棟踏著低低高高的階梯逛去，集郵社，古玩社，公廁終年瀰漫尿騷腥臭、地板永遠泛潮，舊書店，成衣店，點心世界舊桌椅上陽光斜斜射來，把鍋貼、酸辣湯剛送上桌那一霎映顯得雲蒸霞蔚，唱片行，電器行，商場後方噹噹噹平交道柵欄放下，火車硿嚨硿嚨駛過，建物好似也有了一陣輕顫。這一切，都因為籠罩於懷舊的氛圍而折射出金黃的氤氳。

我上台北第二年，鐵路地下化；又三年，中華商場拆除，抗議補償不公的白布條宛如白幡掛滿天橋與建築立面，場面十分淒厲。隨著商場的消失，西門町驀然沉寂，寂寞的老人、賣春的少女、逃家的少年麇集，晚上電影散場，走在路上會有男人突然現身，問道：「少年耶，要否？」一回我受到驚嚇，猛可舉手一揮，倒把那三七仔也嚇一跳；在這裡，買春賣春從來沒有絕跡，只是當我再遇上相同情況，已經知道改換一臉世故，當作沒聽見。

直到新世紀，中華路拓寬工程完成、捷運通車，驀地，芽眼破醜黑種皮而出，新一代青少年受到召喚，重新歸隊；不同於東區時尚穎新，找不到一座古建築，西區處處是歷史的場景與殘跡，吸引的卻是最稚幼青少男女，踩街，打電玩，看電影，呷阿宗麵線、鴨肉扁。

這回西門町活化，並非剷除了什麼舊建築、蓋起什麼新建物，而多半是現有資源的翻新再利用，最具指標性的是「紅樓」。

紅樓是一棟磚造八角樓，建於二十世紀初，原為商場，一樓買賣日用品，二樓購售骨董字畫；台灣光復後變更為「紅樓劇場」，演粵劇，播二輪電影，有過一時的風光，但終究不敵鄰近商家而黯然落幕。直至近十餘年，被指定為古蹟、委外經營，如今的紅樓有了全新內涵：進駐了咖啡館，陳列紅樓歷史照片，年輕人的創意產業也在這裡扎下根，開小店賣自創品牌成衣、飾品、卡片等各種小玩意兒好有趣；我到西門町看電影，如若時間充裕，有時會一方小店看過一方小店，每回都如第一回那樣新鮮。

不過，紅樓維修仍見台灣慣有的近利求功的缺陷，屋頂竟便宜行事，以鐵皮披覆；旅行京都時我曾觀察過日本工匠維修傳統建築的細膩用心，兩相比較，不禁有一聲浩歎。

當暮靄四合，紅樓展現另一番風情，夜店一家緊挨著一家開在露天廣場旁，休假前夕更讓人咋舌，樂音如雷，歡聲笑語海浪般一波緊接著一波拍岸，好揮霍浪擲著青春；顧客以男同志為主，理平頭，穿緊身T恤，全身曬成麥色，一眼望去上千人，也許是亞洲最大男同志露天聚點？圈裡人暱稱這個廣場為「小熊村」，一開始是一家叫作小熊村的酒館在這裡落腳，吸引了一大批以「筋肉以上，肥胖未滿」為主流美學的男同志前來消費，霓虹招牌遂一盞又一盞在夜裡閃閃亮亮，消費者則早已不再有類型的侷限。

讀過口述歷史，說紅樓「淪為」映演二輪影片的戲院後，常有男同志躲在戲院後排座位尋求慰藉。那是多少年前的事情呢？從黑暗中互相取暖到露天酒吧的盛況，二〇〇三年第一屆同志遊行自二二八紀念公園出發，一路走到紅樓廣場，路人中有人高喊加油，有人靜默旁觀，有人不明所以，但沒有人噓聲反對，台北同志運動在這十年間堪以「大躍進」來形容。

北區台北故事館，南區紀州庵不安

古蹟活化，西門紅樓是成功的案例，其他如北投溫泉博物館的前身為溫泉建築，長安西路當代藝術館借了舊市府紅磚軀殼，徐州路市長官邸藝文沙龍改建自舊市長官邸日式宿舍，中山北路光點台北則為舊美國領事館……適當的維修、利用，老建築煥發新內涵；星羅棋布這些老建築，讓旅人眼光在稱不上美的台北有了聚焦處，其中，北美館正對面台北故事館實為基隆河畔、中山橋頭一瞬最美的風景。

台北故事館原名「圓山別莊」，茶商陳朝駿延聘英國建築師設計的都鐸式二層樓宅邸，一樓磚造以承重，二樓木結構髹漆鮮黃外牆，屋頂鋪銅瓦在時光中氧化成優雅綠色，這棟屋子宛如童話故事發生的場景，稱作「故事館」也是得宜，幾名好教養小紳士、小淑女義工幫著開門關門，窄仄的屋子一下子敞亮了起來。

陳朝駿交遊廣闊，孫中山、胡漢民等人都曾是座上客；後來一度荒廢，一九六三年次的楊照說：「小時候住附近，都叫它鬼屋。」但我讀大學時修攝影課，曾和同學來這裡外拍，已經經營起咖啡館，阮囊羞澀的兩人在院子裡拍過一陣後離去，沒敢進屋子點一杯咖啡啜飲。

近四年，台北故事館每個月第三個星期五晚上舉辦文學沙龍，邀請作家朗讀作品，周夢蝶、黃春明等名家都曾蒞臨；二〇〇八年底我站上講台，為這座老房子獻上〈老房子〉，偕同與會的是王文華；王文華不愧為暢銷書作家，身兼廣播節目、電視節目主持人，輕鬆、諧趣，把一屋子男女老少逗得笑聲連連。

工作所需我參與過文學沙龍幾回。初夏一晚，在場的還有阿盛老師、楊照、凌性傑三代文學人。知名飯店經營的故事茶坊中，主辦單位照慣例會為出席者埋單，我看著菜單，雖為定價咋舌，還是鎮定選了一套餐點；阿盛則不停口地低聲喊著「太貴了太貴了」，後來點了一套豬腳，「太貴了真的太貴了」，上菜前他又這樣說了多次；最年輕的凌性傑倒是稀鬆平常，他本就是個美食主義者，他要了招牌「東坡肉」，楊照也是。

胖胖瘦瘦起伏不定的凌性傑當時體重居高不下，他一邊吃一邊說：明天要去針灸，減肥。阿盛仗著前輩身分調侃：現代人真奇怪，把自己吃得像顆氣球，再花錢去減肥。眾人大笑哈哈。六十歲的阿盛維持著好身材，他把台大教授何寄澎送他的話記在心頭：千金難買老來瘦。

台北故事館建於日據時期，紅樓也是。事實上，台北歷經多個立場相左政權統治，十九世紀末到二十世紀中葉日本據台五十年完成了最多目前尚存的美麗建築，國民政府在台已經一甲子，成績完全不能相比，甚至眼睜睜看著古蹟灰飛煙滅，淪為風中塵埃，比如紀州庵。

三年前我從北區搬到南區，落腳牯嶺街，曾循路標去找「據說」就在附近的紀州庵，一次不果，二次無功而返，後來覓著了，我仍心存疑惑；不能全怪標示不清楚，因為那哪裡是一座歷史建築，倒比較像——廢墟！鐵皮圍籬上有人噴漆寫上諍言「廢墟≠古蹟」表達抗議。

紀州庵是日據時代料理屋，原址原有八家，目前僅存一家，旁有民宅一戶，居住環境很簡陋；我透過鐵皮圍籬窺看建物內部，那態勢並非等著要維修，而根本就是放棄了，任其毀損、隳壞，好像不肖兒孫對待久病癱瘓老人家，只差沒有動手了結脆弱的生命跡象。

諷刺的是，紀州庵多次在報端露臉，因為它是知名小說《家變》的場景之一，名作家王文興小時候嬉遊的所在，爾雅、洪範等出版社就開在附近巷弄裡。它在媒體出現，搭建了舞台、掛上紅色布幔（遮醜），請來知名作家站台，官員宣示紀州庵是台北文學森林預定地、將興建為台北文學館等等，言詞懇切。該怎麼做？不妨參考台北故事館。

然而我鄰著紀州庵住了三四年了，時常前去探看；我感覺到不安，因為只見它一年老過一年，如今只剩下了一座殘骸（注）。

注：紀州庵古蹟占用戶問題遲未解決，北市府在側旁蓋起文學中心館，已於二〇〇九年落成，為全新建築。紀州庵廢墟仍待搶救。

花樹下

多數時候生活是混亂和瑣碎的，但總也等得到喘一口氣由衷讚歎一聲「啊好美啊」小小幸福的縫隙。

社區公園裡的梅花開了。

夜裡回家經過時我忍不住駐足凝望片刻。背景都為夜色吞了去，發滿苞蕾的禿裸枝條浮凸而出，漸次綻開的白色花朵一日日吐露一日日盛放，樹下一片片皙白細碎花瓣如指甲蓋。片刻凝望後，隨著我跨出的步伐，白色花瓣輕輕掀動，翻飛。踏花歸去，馬蹄香。

其實這並不是一座美麗的公園：紛雜的花木，零碎的遊樂設施，大大小小告示牌，各種不同風格動物塑像或隱或顯安置在各個角落裡。望著這個拼貼得好「後現代」的公共空間，偶爾地我想起那年秋天在愛丁堡郊區寄宿家庭旁的廣袤綠地，那綠地邊沿錯錯落落站著聳高喬木，也有一兩處沙坑、一兩座鐵架讓孩童戲耍，但整體上就是一大片修葺整齊的青草地。這大塊文章似的公園更得我的偏愛。

然而這座公園，也不只有這座公園，台灣大多數公園都有類似面貌，同時發揮著類似的功能。它們不見得美麗，卻是親民的。

早上，運動的老人、婦人各有領地地打太極拳、扭肚皮舞（她們周身密密穿戴只露一雙眼睛，好像太陽跟她們有仇）。陽光熙和時分，移工推著坐在輪椅上的老人出來吹吹風；老人都很老了，許多插著導流管，多半已經不能言語，但他們對這個世界仍有好奇，張著儘管已經混濁的雙眼捕捉發生在眼前的一切；移工們一方面看顧老人，但更熱中於聯誼，鏗鏘的字句好似子彈一發發擊出。想像這熙和的午後是她們人在異鄉最大的慰藉，正如薄薄日光敷在老人身上所給與的安慰。晚飯過後，大概闔家看過了電視連續劇，便有些中年人，多半獨個兒繞著不算大的公園外圍疾走或慢跑，一圈又一圈。

夏天深夜我常離開冷氣如厚毯的房間，來到公園，遙遙面對幾棵拔高到半天空的黑板樹坐下，飲冰涼啤酒，望著以天幕為背景這幾棵黑板樹，心中生出一些想像。

比如《湯姆歷險記》裡哈克搭一座樹屋在密林中。幼時我也曾要父親為我在樹上搭一座小屋，父親說哪有可能，母親默默，不動聲色用木條在枝椏坦平堅固的地方釘一方平台，站上去，可以眺望遠方和更遠的地方；卻有幾度她氣呼呼拿藤條立在樹下，發狠話說你就永遠不要下來。我對她作作鬼臉，倒惹得她也笑了。

電影《在屋頂上流浪》也有一座樹屋，是青少年哈藍（演《舞動人生》的傑米．貝爾飾演，兩部電影英文片名都以他在戲中的名字命名）與世界玩著捉迷藏的基地；我在市井裡生活，日日為營生奔走，小心著不要，卻總在無意之間就被輕輕刮傷或刮傷了人，我必須有、也確實有樹屋讓我躲藏，文字的世界、鄉下老家的記憶，或就是這樣一個漆黑如墨的夜裡有冰啤酒伴我馳騁的想像，想像那幾棵黑板樹樹冠濃密廣闊如一座城堡，是《龍貓》裡龍貓家族藏身的橡樹群。然後，大大小小一家子乘著氣流，就要（我興奮得岔了氣）就要飛起來了。

公園角落那個曾經立著一塊警告此地不得傾倒垃圾否則罰款若干的木牌底，夜色掩護下陸陸續續會有些家用垃圾堆過來，包成一小袋一小袋地；有個初老男人常守在附近，每在丟垃圾的人離去後，他起身趨近將袋口拆開，咖啡杯、碗盤、玩偶、舊書、舊CD、舊時鐘仍在滴答滴答算數著時間……他端詳一番後將物什擺到腳踏車置物籃裡。籃裡已經有各式各樣的東西了，也許轉個身賣到骨董店或二手貨店裡，標的價錢會讓顧客咋舌？

男人的腳踏車把手上懸著一架老式收音機，傳來咿咿啞啞的聲音。各位聽眾，眼一眨今日的節目又到尾聲了，最後要為大家放送的這條歌曲是……初老男人跟著哼著唱著，手在大腿上一下一下打著節拍。

平日，那些花啊草啊樹啊只以深深淺淺濃濃淡淡的綠意示人，甚至楊桃樹的紫紅花朵也細碎謙遜，直到飽脹星狀果實才讓人意識到它的存在，黑板樹的花朵同樣不起眼，若不是有朋友抱怨因它的花粉而過敏，我還沒注意到它正在花季……一座公園裡只有次第報到的梅花、櫻花冷不防地讓人驚艷。

梅花花季約莫十天，整座公園僅有一株，開過後也就無以為繼了，但過不多久，櫻花便有忍不住的春天，幾十株約好了似地紅的粉的夾道，雜亂無章這座公園一時統籌於諧和的基調，啊，那美！花朵盛開並不為了人，我卻為它所著迷，途經時總要停下腳步，仰望久久，心緒翻動著，或者乾脆坐在花樹下，拿出書本一頁翻過一頁。

多數時候生活是混亂和瑣碎的，但總也等得到喘一口氣由衷讚歎一聲「啊好美啊」小小幸福的縫隙。輪椅上老人呼吸清新空氣的午後，移工們用母語縱情交談的幾刻鐘，已婚男人離開辦公室離開家屋獨自繞著公園一圈又一圈疾步的睡前時分，初老男人跟著廣播輕輕哼唱的子夜，公園披覆花的外衣，粉紅花瓣在風中翻飛，掀動，棲止在我的肩頭。

供給大阪灣填海的砂石採集場，在阪神大地震震後的都市復興計畫中，
由安藤忠雄帶領著走過暗黑甬道，變身為淡路夢舞台。

安藤忠雄主導規劃的淡路夢舞台，秉持著「以悲劇作為基石，建構更好的都市未來」的理念。

靜靜凝視著御苑白，那美到令人倒抽一口氣的純白菊花，終於心上一片寧謐，我彷彿剛經歷過一段神祕經驗。

秋日七草之一：桔梗，
在奈良時代又叫「朝顏の花」。

秋日七草之一：瞿麥花，
纖美可愛，別名「撫子」。

（淡路．夢舞台奇蹟之星植物館）

安藤忠雄的作品不能短少水的姿彩，他指出，光是追溯水的使用方式，就可發現各地庭園文化的差異。（京都・陶板名畫庭）

金閣依山傍水，池水平鋪於前是一面鏡子，倒映於水中的金碧輝煌彷彿隨時都會幻滅；那種只要一眨眼就可能不復看見的美緊緊揪住我的注意力。（京都）

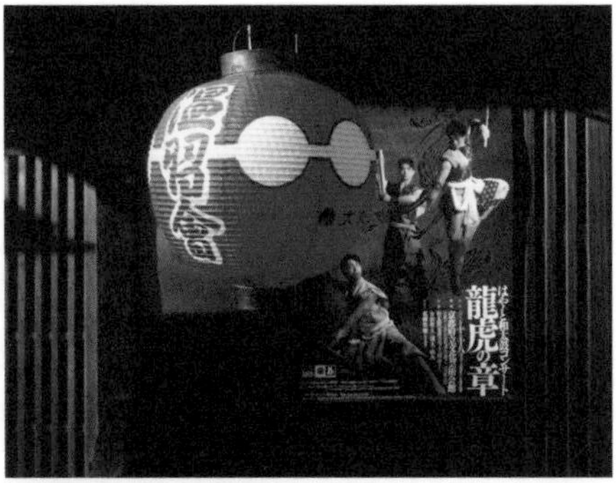

薄暮中來到花見小路，一時誤以為闖進片廠。
想想，這裡不也正是羅勃·馬歇爾《藝妓回憶錄》的場景之一？（京都）

靈雲院茶室觀月亭雖掩破敗，幽寂中卻更凸顯出竹籬的枯淡、苔蘚的豐潤。（京都）

重森三玲為枯山水注入活泉，被譽為「永遠的摩登」。（**京都・東福寺北斗之庭、靈雲院臥雲庭、東福寺北庭**）

東陽坊茶室採草庵式二帖草蓆結構，那種樸素，那種古拙，那種看似將就，被奉為典範。（**京都・建仁寺**）

酸漿又稱鬼燈球，卡通裡櫻桃小丸子吹響鬼燈球，友藏爺爺說，聽起來像青蛙被壓扁的聲音。（**京都**）

陽光自窗外照進倚松庵，既帶來明亮，也製造出陰影，
讓人想起谷崎潤一郎名篇〈陰翳禮讚〉。（**神戶・谷崎潤一郎舊居**）

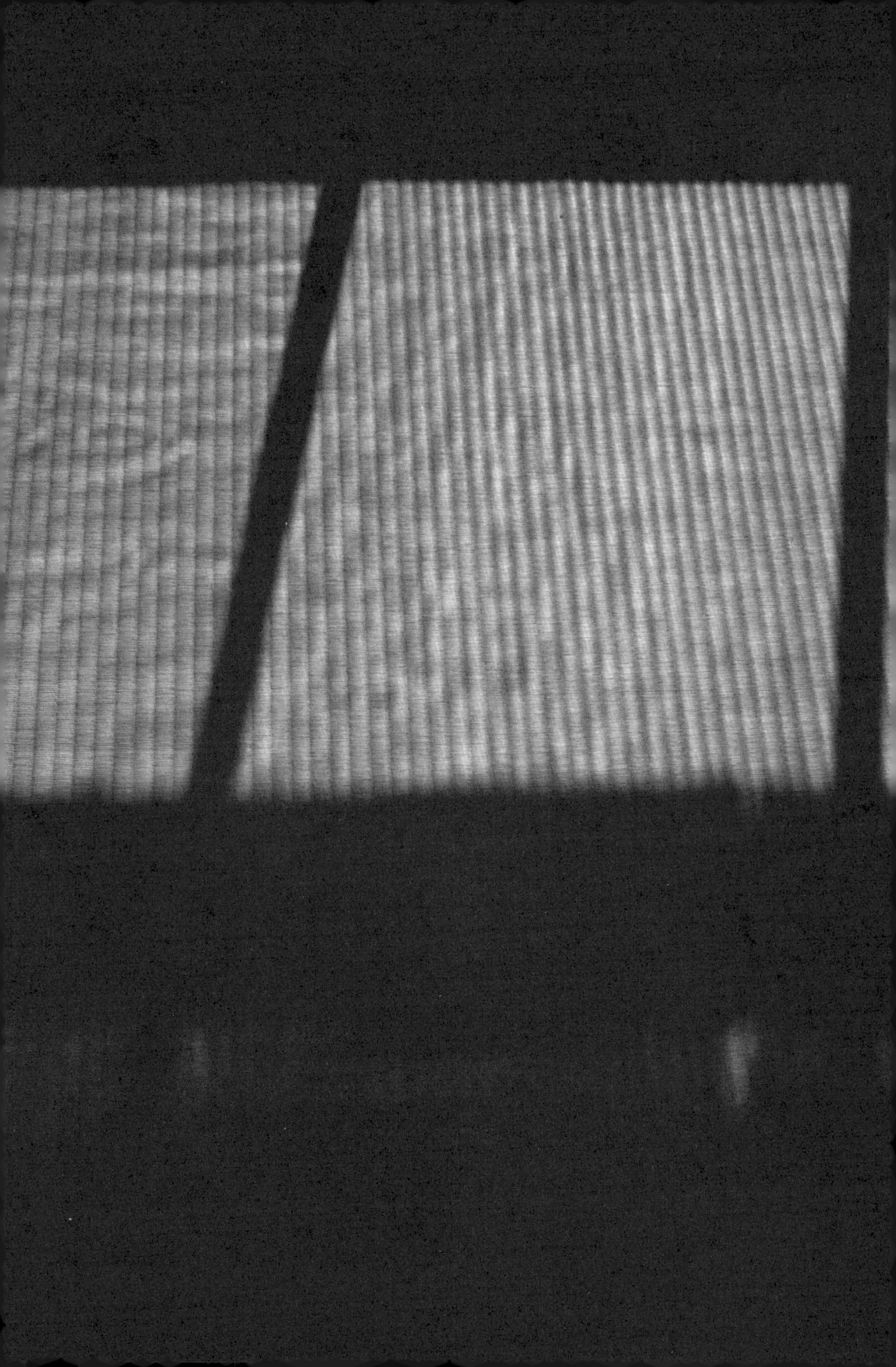

日式建築空間的幽黯之美，以及木頭經時間淘洗的紋理，谷崎潤一郎在〈陰翳禮讚〉中大加讚賞，舊居倚松庵對該文章有了呼應。（神戶）

倚松庵倚的不是門前一棵迎客松，
而是取自谷崎潤一郎第三任妻子森田松子之名。（神戶）

鏡容池裡一雙水分石，是龍安寺在我臨離去時，給我的一個淺淺的微笑。

想像坐在面對石庭的方丈南緣，理應是個陰天，有一陶碗䤾茶置於身旁，
心上的負擔是旅人唯一的行李。　　　　　　　　　　**（京都·龍安寺）**

「哇，好美。這些和尚真會享受。」面對芬陀院圖南亭的圓窗，一名小夥子這樣喊出了聲音來。

（京都）

13 cities

輯二

「萩花、尾花、葛花、瞿麥花、女郎花、以及藤袴、朝顏花」，收錄於《萬葉集》，奈良時代文人、漢學家山上憶良這首歌，為秋日七草之名。

萩是又稱胡枝子，綻紅色、白色小花，遠看好似米粒，湊近去仔細端詳，卻是一隻隻小蝴蝶，或斂翅或展翅，等著秋日涼風拂過，就要翩翩飛去；瞿麥藤袴接著遍植胡枝子，花朵萩在大蓬大蓬的綠葉之間。含蓄、古樸，與寺院的氛圍相互映襯合宜，朝顏花即朝顏，目前的朝顏指的是牽牛花，但是牽牛花直至奈良才由遣唐使自中國引進日本，等到江戶時代引發熱潮，所以山上憶良所謂的「朝顏花」是桔梗。這一路走來，未能得見桔梗，牽牛花留下美麗的印象。

倒是牽牛花，比如二月堂或是三十三間堂都有牽牛花，秋天剛剛開始，花季已是強弩之末，葉子綠著但泛黃，種子慢慢成形因此飽滿，他們依著窗戶攀附鐵線的細線拉網讓牽牛花攀爬，爬成一張簾子，兼具了美化、遮蔭與擋陽等功能。過去只覺種類無奇的綠葉的我，在那樣的古老的氛圍中也許是到此有了一點，開始懂得欣賞牽牛花的美了。

詩的第一句

無處不石，我沒見過哪一座城市像京都。

離開京都前一天午後，逛過了府立植物園，我繼續往陶板名畫庭踅去。以巨型陶板複製莫內〈睡蓮〉、達文西〈最後的晚餐〉、米開朗基羅〈最後的審判〉等八幅名作，這一資訊並無法吸引我專程跑一趟，但既然來了植物園，毗鄰的名畫庭不也順道逛逛，反倒顯得矯情。

事後，卻生出「還好我來了」的慶幸心情。

名畫庭的展示空間比起展示品更具魅力，清水混凝土切割出無所不在的銳角，纖瘦通道營造了回遊效果，隨著腳步產生視角變化的趣味，不必明說，也猜得到這座建築出自安藤忠雄的手筆。

最讓我會心一笑的，是偌大淺水池中一組立石裝置，一大三小，無有其他裝飾；材質是金屬片鏤空，自高處俯瞰彷彿黑色細目網，切面簡練，剛勁有力，大斧劈皴法也似。這組作品向枯山水致意／致敬的意思很明顯，是枯山水的現代演繹／演練，以金屬諧擬礦物，以水還原白砂，倒影映於水中，巧妙「借景」天光雲影。我把它和幾日前在龍安寺鏡容池裡看到的一對「水分石」疊影在一塊兒了。

甚至連金屬也要偽裝成石頭！陶板名畫庭這組裝置藝術總結了我幾日京都之行的印象：無處不石，我沒見過哪一座城市像京都。

我熱中園藝，貪看野草閑花，對京都路樹的印象卻很淡薄，彷彿梧桐，或是銀杏，大概還有些別的；但是，無所不在且著意凸顯的石頭倒是深植腦海。

鬧市裡商業大廈前畸零地擺兩尊山石，白砂鋪地，儼然一方石庭；傳統町家拿它當腳踏，搭配犬矢來（竹製圍屏，用以防止狗便溺在牆上；不過我似乎未在京都發現野狗，野貓倒是不少），兩相映襯得古樸風雅；小巷大街裡散策，尤其在洛東，偶爾撞見牆根露出半座石塊，特意運來變化生硬的布局的吧？光與陰交替，石子屋子也就相互依偎成一個整體了……

日本國歌甚至有「小石成長為大岩，直到岩上生青苔」這樣的句子，把岩石擬人化了。

不免推敲起日本人的自然觀。

京都大學心理學教授駿男河合有一個木盒，以及難以計數的塑膠模型。木盒裡盛滿細砂，模型則有人偶、動物、花木、房子等；他讓受試者在木盒中布置一個小世界，藉以分析受試者的潛意識。NHK《禪的世界．禪修與冥想》專輯裡，駿男河合示範的西方人的世界，人是主體；而日本人的，則在盒子對角線畫出一道溪流，岸上有人釣魚，一片樹林綠意盎然。

駿男河合說，日本人的內心是大自然的寫照，「有日本人的地方就有樹」。以樹象徵自然，不難理解；但他又補充了：「對日本人來說，樹和石頭代表了大自然。」原來，在日本人的自然觀裡，如如不動好似永恆的石頭，至少有和隨四季更迭而榮枯的樹木相提並論的地位。

樹木和石頭皆為傳統日式庭園的主角，石頭甚至有「庭園之心」的雅號，在石藝術的集大成——枯山水中，石頭比起樹木的角色更為吃重。溝口健二《祇園囃子》裡說，外國人來到日本，最想目睹的，一是藝妓，二是富士山，兩者都是日本美的象徵；對我來說，給我更深體味的浮世繪和枯山水，何嘗不能標誌大和民族？

不過，枯山水雖為日式庭園中秀異突出的一種形式，卻絕非全部；池泉庭園乃多數庭園的基礎，苔園、露地（茶庭）也都表現出色，但不管哪種類型日式庭園，石頭都有「定江山」的重量。

據傳為橘俊綱編寫的《作庭記》，是日本最早、亞洲最早，據信也是世界最早造園指南，以寢殿式庭園為主要觀察樣式，成書於十一世紀平安時代，比明朝計成《園冶》還早五百餘年問世；一千年過去，《作庭記》至今仍為日本造園師、學者專家研究對象，乃造園界奧義書。書上提醒造園須符合的三個要旨，在今日依然可以遵循：一是師法自然、因地制宜，此即英國大造園家威廉・坎特所要尋找的「當地的魂靈」；二是向傳統取經、尊重主人意願的同時，發揚造園師自己的風格；三是廣泛參考眾家之長，選擇那最良善的作為準則。

《作庭記》分上、下兩卷共十二章，以石頭為章名的就有〈立石要旨〉、〈立石諸樣〉、〈立石口傳〉、〈立石禁忌〉，篇幅上占了將近一半。書中寫到，石頭可以組合成各式各樣，大海、大河、山河、沼地，甚至蘆葦；若造大海，須先將石頭擺成「荒磯」樣貌，「其荒磯者，於池岸置若干嶙峋前突之石，離岸水面連立多石，猶似岸邊水際延伸之石磯。水中還宜稍置孤離之石，此乃激浪拍岸之所，浪擊所成之形。其次，再隨處伴以洲崎、白濱，其上植松」……

精研日本縮小美學而成一家之言的韓國人李御寧，好詩意盎然地加以詮解：日式「庭園是由石頭的辭彙描寫出自然的詩句，如何組合與搭配石頭的『疊石』

修辭學，簡樸化了自然，好比詩的第一句」。
謀篇時，寫下恰適的啟首，好像在蒼茫海上掌握了不偏倚的方位；造園時，埋下足以作為座標的主石，綱舉而目張，布置出的庭園也就不至於離譜了。

包裹於時光膠囊

星羅棋布古建築，宛如包裹於時光膠囊之中。

儘管已有過許多旅行經驗，我對遠方仍有氾濫想像；這一回，對京都的想像來自溝口健二，以為它仍是《近松物語》底的市井面貌，老電影的懷舊定格。
在網路上預約了位於烏丸五条的旅店，傍晚入住後隨即漱洗得周身輕軟，出門散策，朝南往原廣司設計的京都車站裡外瀏覽一番；駐足車站通道上，我像河床上冒冒失失兀立的一座石頭，人流如水流湍急自我側旁擦過，急急奔向未來。

想像折翼——畢竟《近松物語》的背景，是夫人與下人通姦被發現後，還要遊街、釘上木十字架的時代。

其實也並沒有完全落空，薄暮中來到花見小路，一時誤以為走進片廠（這裡不也正是羅勃．馬歇爾《藝妓回憶錄》的場景之一嗎？那混融著第一次約會的觀影經驗啊），至於星羅棋布古建築——那些需要購票才得以入內參觀的所在，則宛如包裹於時光膠囊，可以直視百數年或數百年前的光景。

這對研讀庭園史是個方便。由於庭園易於變造，每每隨時代風尚或產權易主而有地覆天翻的變化，我讀英國庭園史、參觀英國庭園，往往要多方揣測、還原，京都則大致保留了各類型傳統庭園古典樣貌，安藤忠雄便說：「世界上的庭園各形各色，而日本以京都為中心，也是同樣擁有世界數一數二的庭園文化。」更何況集中於一地，對旅人來說時間和金錢上都儉省許多。

要了解日式庭園流派衍變，就要略諳日本歷史分期，因為日式庭園隨著歷史分期，各有居於領導地位的主要面貌；有趣的是，日本史斷代竟各有說法，我根據的是《*CASA BRUTUS*》所做幾冊關於日本傳統建築的專輯。

飛鳥時代之前稱古代：繩文、彌生、古墳時代；

飛鳥、奈良時代：西元五三八年至七九四年；
平安時代：七九四至一一九二年；
鎌倉時代：一一九二至一三三六年；
室町時代：一三三六至一五七三年；
安土桃山時代：一五七三至一六〇三年；
江戸時代：一六〇三至一八六七年；
一八六七年以降，明治、大正、昭和、平成稱為近代、現代。

日本古代，山、海、樹、石皆神格化，加上中國神仙思想薰染，多在庭園中央挖掘池泉，池中設島象徵神山，乃神仙居所，這是日本池泉式庭園的濫觴，林文月先生就曾指出：日式庭園最早是以「島」的形貌出現。（飛鳥時代，重臣蘇我馬子家住飛鳥河畔，他在庭中開鑿小池，池中興築島嶼，還因此有「島大臣」的美稱。）至於庭園的「庭」，有「齋庭」是神仙降臨的地方，用以舉行祭儀。

飛鳥、奈良時代，隨著佛教流傳，庭園中出現具有佛教意義的細節，比如須彌山。到了八世紀，淨土信仰因社會動盪、人心不安而受到歡迎，淨土式庭園崛起，園中水池由象徵大海一變而為象徵極樂淨土的黃金池，蓬萊島則化身為須彌山石組，在庭園擺放一座或一組山石代表須彌山。

須彌山是佛教宇宙觀裡世界中心最高的山，日本第一部正史《日本書記》記載：飛鳥時代，一名來自百濟的人全身長滿白斑，人們嫌惡他，準備將他流放到海中孤島；這名百濟人說，如果你們這樣厭惡我的白斑，那麼連白斑牛馬也都不應該養了；就留著我吧，我也是有點用處的。因此他得以倖免於難。這個百濟人被稱為「路子工」，他在皇居南庭造了須彌山和吳橋。「吳」指東吳，吳橋是中國風的橋。

平安時代，受神仙思想薰陶的庭園依然盛行，以象徵大海的水池為中心，海中布置神仙居住的蓬萊島，若再加上方丈、瀛洲、壺梁三島，則稱「四神島」，以小橋連結，這一形態也來自中國：傳說秦始皇和漢武帝都曾遣人至東方海上覓尋蓬萊島，不果，前者修仙境於墳中，後者寄寓意在苑囿之內，《漢書》中有大池「泰液」，池裡便有這四座小島。

黃翠芬指出：「這種空間儀式化的傾向成為往後日本庭園的潛在結構。」以此來解讀日本庭園多半八九不離十。

平安時代，貴族的住宅是逐漸在地化的寢殿式建築。俯瞰寢殿式庭園略呈凹字型，屋前空地可供祭祀，性質類同於「齋庭」；庭園布置根據的是陰陽五行說和四神說（東青龍，西白虎，南朱雀，北玄武，和京都的地形地勢相呼應，夢枕貘與萬城目學的小說裡都屢屢提及，都好看得緊），瀑布為視覺焦點；古代即有的曲水宴，在這一時期依然受到歡迎，大庭園必備彎曲的「遣水」以在春天舉辦曲水宴。

淨土式庭園在金堂或阿彌陀堂前設池植種蓮花，靈感來自淨土曼陀羅圖，是人們追求西方淨土的內心反映。淨土式庭園於八世紀崛起，平安時代末期末法思想日熾，催化它益加興盛，形構越見複雜，位於宇治的平等院乃其中佼佼者。平等院鳳凰堂宛如鳳凰振翅，既富麗又莊嚴，我站在夕暮中看著它歡喜讚歎；鳳凰堂前洲濱滿布拳頭大小石頭，是上世紀九〇年代經十二年調查研究，復原成平安時期的面貌。

鎌倉時代有以朝廷、朝臣為主體的公家文化，以及新崛起的武家文化，前者依循傳統，後者富含創造潛力，武家的書院式建築逐漸取代寢殿式建築。自宋朝傳入的禪宗思想則契合武家克己精神，兩者相結合，庭園聚焦於「冥想」功能而改變形態，舟遊式池泉庭園變身為圍繞著池泉漫步的回遊式池泉庭園，賞覽之際，有益於冥思；設計上則善用象徵手法，比如「鯉躍龍門」，登龍門的過程既暗喻禪修、悟道的含辛，又指向武家爭權奪利的茹苦，池泉庭園遂以龍門瀑布為主題，為後世所沿用，金閣寺即有龍門瀑，水瀑擊打著一枚躍躍欲往上騰跳的石塊，形象十分生動。

室町時代，既有以北山殿為中心的北山文化，又有以東山山莊為中心的東山文化，交織成璀璨奪目的室町文化。庭園上，最稱突出的，是枯山水的達到高峰，大德寺大仙院與龍安寺方丈南庭是傳世名作，後者秀美宛若抒情詩，而前者，我駐足、凝視良久，它遂猶如蒼勁有力的大斧劈皴法在我心上劃出記憶的刻痕。

經過修刈的草木、量感力感橫溢的巨大岩石、鮮明的色彩等，是桃山時代庭園的特徵，呼應了擺脫宗教羈絆、現世享樂的社會氛圍。大名（好比中國的諸侯）在贏得富貴榮華後，祈望長命百歲也是人情之常，因此信奉蓬萊神仙思想，建蓬萊島庭園如二条城二の丸庭園，山石、松樹、池水的組合氣質剛正、聲勢壯大，我瀏覽一過，略覺無趣。與此相對的是舉行茶道的場所確定了包括茶庭與茶室；茶庭又稱「露地」，以質樸為尚，和喫茶這一行為的精神內涵相呼應，建仁寺東陽坊最稱典範，若不知典故，那實在是一座毫不起眼的破房子啊。

江戶時代的庭園則是結合書院式庭園和茶庭的綜合庭園，強調的是運動的視覺化，以水池為中心，沿池設茶室，園中分成數個小區域，沿路為各色景觀，既獨有特色又和諧統一。大名庭也成形於江戶時代，重陰陽調和的思想，園中常安置陰陽石。

……

我這一趟京都之行，捨閑散、優雅的步調，而取作功課的態度，一周間參觀了十餘座名庭，行程不能說不緊湊；雖然遺漏的十有八九，但是各種典型風格大致上略有見識；旅行結束後，我常翻開書本，書頁文字對照腦海影像，身在現場的直觀感受因此有了知性的深度。

金閣不是一個人的

倒映於水中的金碧輝煌彷佛隨時都會幻滅，這種可能一眨眼就不復看見的美揪住我的注意力。

插畫家穗積和夫在紙上還原奈良時代平城宮的一座庭園。畫面以水景為主體，闊廣處是池塘、狹細處是河溝，水畔鋪設拳頭大小的石頭當作沙洲，松樹柳樹各色草木姿態各異，亭台水榭散布，敞寬的露台淩空建於水面，兩座木橋將陸岬、建築連結在一塊兒。

這座位在奈良盆地北端，建於八世紀的庭園，襲仿的是唐朝風格的回遊式池泉庭園。日本庭園雖以枯山水、苔園、茶庭最具民族色彩，但池泉庭園實為基本形態。以池泉代表大海，海上的島與石象徵神仙居住的蓬萊仙境，小橋流水、假山飛瀑都是重要元素；至於「遊」的方式，鎌倉時代初期之前以水上行舟的「舟遊式」為主，水池面積較大，禪宗盛行後，改為環繞池泉在陸上漫步的「回遊式」，有利於冥想；另還有「鑑賞式」如智積院名勝庭園，「淨土式」如平等院。

以方丈石庭聞名世界的龍安寺有鏡容池，在我拜訪的那個初秋午後，薄薄雨絲中我環池散策，清幽、深邃，給我精神上的撫慰更勝觀光客麇集的石庭，但名聲遠遠不及；同樣的，銀閣寺錦鏡池的丰采則讓壯盛的向月台、銀沙灘給遮掩住，成了整體中一個細節，儘管還是具有關鍵地位。

富有池泉庭園特色的，不妨舉金閣寺為例，兼具舟遊和回遊功能；以鏡湖池為主體，金閣為焦點，設若沒有鏡湖池的映襯，肯定金閣也要失色幾分了。

金閣寺的基礎在十四世紀末葉打下，室町幕府第三代將軍足利義滿接手「北山第一」，建北山殿為政務中心，規模宏大足以和天皇御所相抗衡，是北山文化根據地；義滿過世後，他的兒子解體北山殿，只留舍利殿，改為禪寺，勸請夢窗疏石禪師為開山元祖，取義滿法號「鹿苑院殿」中的二字為「鹿苑寺」。

鹿苑寺的舍利殿為三層建築，法水院、潮音洞、究竟頂，三層建築風格各不相同，屋頂有代表吉祥的鳳凰。除第一層以外，餘皆鑲貼純金金箔，俗稱「金閣」，寺院全體則為「金閣寺」。金閣是美之極至，室町時代人們說：「極樂淨土也比不上這間舍利殿。」又說，走在舍利殿和一旁已經焚毀的天鏡閣之間二層樓高走廊時，「宛如在天空漫步。」

金閣依衣笠山傍鏡湖池，池水平鋪於前是一面鏡子，倒映於水中的金碧輝煌彷彿隨時都會幻滅；那種只要一眨眼就可能不復看見的美揪住我的注意力，讓我不輕易將眼光移轉開去，直要像蝕刻版畫一般將影像印在心版上。

鏡湖池裡山石與小島錯落，奇岩名石為各地守護大名（被幕府封為守護職的地方武士團首領）的進貢；金閣正前方的葦原島上植松樹、設三尊石組；池中龜島、鶴島散布。

禍福相依地，一九五〇年金閣為二十一歲學僧林承賢縱火焚毀，目前看到的是五年後所重建；水上勉以此事件寫成《五番町夕霧樓》、《金閣炎上》，三島由紀夫則有《金閣寺》。我本還天真地以為可以在金閣寺買到《金閣寺》，戳上紀念章滿足我觀光客行徑，後來才發現連寺方的導覽資料對這段歷史都完全沒有提及。

洶湧著熱切渴望，我卻跟自己作對似地打算在臨離開京都時才去「覲見」金閣，好像要把期待像金箔細細打磨一般地展延；但是一時心緒波折無法按捺，我很快妥協，金閣寺成了第一個專程拜訪的景點，前一夜裡我還因此輾轉多時方才入眠。

走在參道上，心情一仍急切，卻意識到狀況不妙，小學生中學生觀光客一波波湧來，而停車場上一輛輛大型巴士陸續停泊中；終於站到鏡湖池邊沿隔著欄杆遠遠眺望了，身旁卻有一班數十名小學生，拍照，嬉戲，此呼彼應宛似遊樂場裡鬧吵。我靜靜等待，靜靜等待著這一班人馬離去後，要好好傾訴我對金閣的傾慕，那是志文出版《金閣寺》封面上永恆的影像，那是囫圇閱讀的青春時光，那是三島由紀夫親手點燃的生命之火。

那是我一個人的，金閣。

金閣畢竟不是我自己一個人的，這一班人馬離去後，下一班人馬立即填補了空檔，如是者有默契地去了一隊又來一隊。這是著名觀光景點的共同宿命，金閣寺不能倖免，清水寺更是擁擠彷彿年貨大街。基於這層顧慮，谷崎潤一郎曾說：「我喜歡的地方及旅館，除非朋友殷殷相求，很少對外張揚，更忌諱在文章中大書特書。」

我終於放棄，淹埋進人群裡，成了生產線上一個零件。

如果不能旁若無人一如舒國治所提示的，如果不能挑在遊客稀少的隆冬動身一如舒國治所建議的，那麼以金閣的名氣，我「猜測」最宜選在剛開園第一時間，或閉門謝客前一個半到兩個小時進園，此時觀光客大概不至於多（顯然也不可能少），步履自然從容；若是晴天，正是日落時分，站在半山腰夕佳亭前賞看夕照，看夕陽映照在金閣上，或許真會有燃燒起來了的錯覺呢。

在稀微的光線中

微風拂過，水面牽動一圈圈漣漪，一切皆讓我感覺到靜，靜到陽光艷艷似乎聽得見它腳步的移動。

智積院。

參觀名勝庭園前，拜觀受付所的歐巴桑指示我先行進入側後方收藏庫；自動門緩緩開啟，我一腳自花白天光落入一井黯黝，脫去鞋子，踩在榻榻米上，才發現一室障壁畫。

光線稀微想來是為了保護畫作。我在稀微的光線中細細端詳。

環壁有各色草木，嶔崎偉岸的是梅樹，卓爾不群的是櫻樹，楓樹肆意伸展，松樹長青不凋，菊花，桔梗，雞冠花，胡枝子，我試著一一辨認但不能盡數；幹老，枝新，枝頭是雪白櫻花緋紅梅花，那些盛開的花朵、含羞的苞蕾，畫家都以堆疊顏料的方式形成淺淺突起的效果，彷彿浮雕，奢靡至極，繁華至極，大自然盡了全部力氣在展現著春展現著秋。

這些畫作主要出自長谷川等伯（一五三九—一六一〇）之手。

等伯活躍於安土桃山到江戶初期，早年以繪製佛像為主，而立之年來到京都，與茶道大師千利休、禪僧古溪宗陳過從密切。安土桃山時代，狩野派長期擔任幕府畫師，不與之相往返的等伯並不得志；直到十六世紀末葉狩野派式微，豐臣秀吉轉而向等伯訂製作品，聲望一時無兩。現藏於智積院的這些障壁畫，就是豐臣秀吉為他早夭的兒子建祥雲寺，僱請等伯畫在祥雲寺的——該寺是智積院舊址。

長谷川等伯酷愛繪畫，他曾要求在大德寺繪製障壁畫，但被拒絕了。飽滿的創作衝動於內心鼓舞著非畫不可！一日，大和尚出門，等伯不顧眾人反對，執意揮灑；完成後，只見紙門上印刷的桐花圖案彷彿一片片雪花浮凸在水墨山水上，風味獨具。

〈枯木猿猴圖〉、〈松林圖屏風〉是等伯傳世名作，師法宋末元初中國畫家牧谿；智積院〈櫻圖〉、〈楓圖〉等障壁畫則展現了不同於水墨山水的日式風味：日本繪畫雖襲仿自中國，但在狩野派手中漸趨工藝化、平面化，建立了在地風格，尤其金地著色最稱突出。

我貓腰俯身，凝視而接近於檢查，再度挺起背來觀覽全局，發現那些金箔，在時間催折下略有傷損的金箔，全都發著光；並非光線投射在金箔表面隨即反照空間，而是——或許只是我的多情想像——而是那些金箔像似容器，吸附、收集了光線後再自畫面內裡投射出來。

這些金箔不僅僅是反映，它本身就是個熠耀發光體，發散出古典、儒雅的幽幽光芒。

參觀過等伯畫作後，我踅到名勝庭園。石頭、植物、水、添景物構成的這些那些庭園，我是永遠都看不膩的；而這座庭園的主景設在大書院正前方，書院底下便是池塘，十分罕見。

智積院名勝庭園不能舟遊，也不適合回遊，是一座鑑賞式池泉庭園，表達了對中國風土的仰慕，「瀧石組」以廬山為摹寫對象，「揚子江縮景」則彷彿盆栽將高聳與巨大縮影於方寸之間一般地，欲移植長江的悠遠綿長。我單手支撐身體，坐無坐相卻極其慵懶閑適地張望，眼前山水並未讓我有廬山或長江的龐巨想像；反倒地，山石纍纍之間種植一叢叢矮枝杜鵑，以豐潤中和枯淡，微風拂過，水面牽動一圈圈漣漪，一切皆讓我感覺到靜，靜到陽光艷艷似乎聽得見它腳步的移動。

僅有的三五名遊客都坐在檐下，面對著庭園，自提袋裡拿出水瓶、拿出飯糰，輕輕啜飲開水，緩緩咀嚼。

好安靜。

敞開的書院裡有〈楓圖〉、〈梅圖〉等畫複製品，花木紛繁，金地著色，構圖確實就是方才典藏室裡所目睹；不，更完整些，那些破損的細節都恢復了，但是在天光與天花板上日光燈照明下，我卻覺得有點——俗艷。固然原作經過時間淘洗，更添幾分古典的況味，不過這些複製畫顯然還原了原作的原貌；讓它們失色的，會不會是陳列條件的改變，比如天花板上幾盞日光燈驅走了陰翳？

光線稀微不僅僅是為了保護畫作，更可能的是，這些畫作原本就適合在稀微的光線中被觀看？

對這種陰翳美學格外能夠欣賞的，非谷崎潤一郎莫屬了。〈陰翳禮讚〉談到金屏風、金隔扇之美時，文字由口語轉為精雅，我讀著中譯，竟至略略感到喘不過氣來：

> 金隔扇、金屏風在陽光幾乎無法抵達的黑暗之中，吸收重闈之外遠處庭院陽光的餘暉，朦朧如夢般地反照？那反照的光線，宛若夕陽西墜，雖朝著四周的黑暗投射金色的光芒，但實在是強弩之末。我想黃金這東西沒有比這時候更能顯現出如此深沉悲楚的美了！

谷崎潤一郎又說：「有時，那打光成梨皮狀的金箔，前一瞬間才反射著懶洋洋的光芒，但轉向側面時，突然會發現金光耀眼如火焚。」他自問：「在這麼黑的地方到底是如何聚集這麼多的光線呢？真教人不可思議。」他自答，古人居於幽暗之中，使用黃金不只是為了奢華，也不純粹只因為美，而是有實用的目的，古人是要善用黃金具有反光板的功能，以彌補室內照明的不足。

我轉身望向庭園，看見池水深處一尾大鯉往水面趕來，矯捷，迅疾，輕輕一躍破水而出，鱗片在陽光下閃閃爍爍，吞食一枚漂浮黃葉後，迴身，下潛，在牠即將為墨綠水色掩埋而去之前，猶自深處遞來一瞬金光，好似一個回眸，一個信號，或者隱喻。

不祇是喫茶

不執著於以侘、寂來詮解現代茶道，或許才能免於內部矛盾。

建仁寺是京都最古老禪寺，位於花見小路盡頭，緊鄰祇園；我去拜訪的那個午前時光，雖有觀光客三三兩兩、老師領著學生校外教學，但畢竟不是金閣寺、清水寺等轟傳世界熱門景點，也不到處陳設捐獻箱如三十三間堂，因此保有一股清寂況味。

多日陰雨後乍然放晴，大雄苑石庭的壯盛氣勢經艷陽映照，更顯壯闊偉岸，然而一踅進僻居角落的東陽坊茶庭，氛圍陡然轉變。竹籬、柴扉，庭院裡一片枯淡綠意，空氣中若隱若現似有似無桂花暗香浮動，適才昂揚的心緒逐漸低抑了下來，彷彿熄火後爐上水壺的滾沸慢慢平緩、止息。

一名高頭大馬洋婦人正以日語和掃地歐吉桑聊些什麼，突然傳來笑聲哈哈，歐吉桑停下動作，指引洋婦人透過牆縫窺看；洋婦人走後，我也湊上前去端詳，發現室內陳設簡單，氤氳昏沉彷彿有睡意；想起了谷崎潤一郎說過的，日本的民族性：「我們並非一概厭惡亮光光的東西，只是比起鮮亮的顏色，更為偏好沉鬱陰翳。」

建仁寺與茶淵源很深，開山住持榮西禪師是日本「茶祖」，十二世紀間曾兩度渡海到當時的宋朝；日本人喝茶雖可追溯到奈良時代，但只小規模傳布於貴族和僧侶之間，直到榮西禪師從中國帶回茶種，寫《喫茶養生記》，說茶是養生延齡的仙藥、妙藥，加以推廣，才蔚為風氣。

至於「茶室」，這個名詞直到近代才出現，前身是數寄屋（數寄者，喜好也）、小座敷，以四帖半榻榻米為界（一帖為一塊榻榻米大小，又稱一疊，兩帖為一坪），大於四帖半為書院式茶室，小於四帖半的是草庵式，形貌與農家草庵相似，以土、砂、木、竹、麥稈等當建材，到了千利休的時代，草庵式茶室已成主流；東陽坊茶室採草庵式二帖草蓆結構，豐臣秀吉召開的北野大茶會上，千利休高足曾使用過這座茶室，那種樸素，那種古拙，那種看似將就，被奉為日式茶室典範，與豐臣秀吉設在大阪城的黃金茶室成了對比。

黃金茶室我也去看了，美則美矣，但我對東陽坊的感應要更強烈許多，彷彿可以寄託懷抱。畢竟我是農家出身的啊。

然而，豐臣秀吉也出身於農家；或許一切無關乎出身，純然是個人秉性不同。

茶室要包括草庵以及草庵外的茶庭，才算完整；茶庭又稱「露地」，這是日本人在世界庭園史上絕無僅有的設計。所謂露地，《禪茶錄》解釋——「露」意為表現，「地」指的是心，露地：表現個性。「割斷一切煩惱之緒，現出真實本性，故稱露地」。露地的草本木本皆以樸素無華為上，因它是個過渡，從塵世繁華喧囂進入茶室形而上精神世界的中繼，超人換裝的電話亭、白日到黑夜的魔術時刻，因此「洗手」是客人來到露地第一要務，這個舉動不只為了清潔手上髒汙，也是一個象徵，洗滌花花世界在心上沾附的塵灰。

在「蹲踞」（設於地面，需蹲下以就盆）洗過手後，踩著「飛石」來到草庵前，駐足「額見石」片刻，欣賞掛在茶室的匾額；稍後，蹲在「踏石」上拉開

「躪口」木門，準備進入室內。

躪口是茶室出入口，約七十公分見方，懸空，這是千利休從漁船船艙得來的靈感，要通過躪口必得屈曲身體；躪口設有拉門，這也有規矩，不能使用整塊的木板，而必須由兩塊半舊木板拼成，最末一名客人將門板拉上；一進到室內，因為適才通行時的拘謹，狹窄的室內空間一時倒讓人覺得天寬地闊了。

茶室裡外力求不對稱美學，室內則以壁龕擺設最見慎重，一幅墨跡、一瓶切花，原型是禪宗寺院的壁龕，墨跡和切花也都以禪意見長。村田珠光是日本茶道始祖，正是一名禪僧，追隨的是大德寺一休和尚；珠光追求「和，敬，清，寂」的意境；珠光徒孫武野紹鷗則進一步發揚「侘茶」理念，強調閑寂、幽靜的精神；紹鷗弟子千利休，在日本有「茶聖」之譽，他標舉不均衡、簡樸、枯高、自然、幽玄、脫俗、靜寂的茶道精神，正是禪的美學。在這個小宇宙裡，光線稀微自紙窗降落，戶外似有動靜，空，空，壺水在火爐上逐漸煮開，咕嚕，咕嚕，終至於鼎沸，「據說茶人可由茶水鼎沸的聲音聯想到山頂的松風，進而遁入無我之境。」谷崎潤一郎也說過這樣的話，這就是所謂的「禪茶一味」吧？

現代茶道儀式有種種規矩，林文月先生曾縷縷細述其中的單調、重複而有節奏，體會到有人對她說過的，學習茶道可能需要十年、二十年，甚至一輩子時間，「因為一個人所要學習的不只是作客及沏茶的禮節而已，同時也包含著茶席之間對藝術鑑賞的問題，而這是一門大學問呢！」

同時林先生觀察到，「一只樸質無華的茶壺，可能價值千萬，一個小小飾物，也可能是百餘年前的骨董；而沒有這些排場，是開不成正式的茶會的。可想而知，這是屬於部分有錢及有閑階級的特殊享受了。」我曾在相國寺承天閣美術館細細觀覽過一批室町時代茶碗精品，不管表現的是樸拙、自然，還是簡單，服膺的其實都還是美，即連信手拈來，也以高妙手藝當後盾：簡單的並不簡單，自然的巧奪天工，樸拙則是為了脫去俗氣。如若這批文物在市場流通，將引起怎樣的追逐？不難想像。

我所讀到的，所有規規矩矩談論茶道的文字，都以村田珠光、武野紹鷗、千利休一脈相承的「侘」、「寂」美學來解讀，用得如桌上取柑那樣順手；侘是什麼？寂是什麼？坊間一本雜誌作了整理——「侘び」：清貧、幽寂、閑靜、簡樸。「寂び」——古雅、綠鏽、殘缺、有瑕疵、時間留下的痕跡。室町時代將「侘寂」連用，形容日本樸素的美學精神。

然而，當我愈對現代茶道那種繁複、那種標榜、那種排場有更多認識後，愈是在心中有更多疑惑，感受到茶道在它所標舉的內在精神與外顯儀禮間，所暴露出的矛盾；我初生之犢大膽提問：如果不是千利休說的「所謂喫茶，祇是將水煮開，沖泡茶葉，然後喝下而已」太過於唯心，那麼，也許現代茶道已經偏離珠光一派所提倡的侘寂，而更相近於「書院之茶」，風雅，豪美；當時甚至還用來作商業或政治上的密室交易，這是我從NHK大河劇《利家與松》裡看來的。

不執著於以侘、寂來詮解現代茶道，或許才能免於內部矛盾。

未能浸淫在茶道文化之中，我雖心存疑惑卻問不出深刻問題，更遑論解答了；後來，當我讀到遠藤周作的〈您曾經受邀參加茶道的聚會嗎〉，真覺得說出了我內心所想，好像旅行時因語言障礙而遲遲無法溝通，終於有人現身翻譯那樣，讓我舒了一口氣。

遠藤周作這名心直口快老人家拋出第一個問題：「茶道裡有所謂的『侘』（Wabi）與『寂』（Sabi），但為何許多茶人都使用貴得令人瞠目的茶器，或是執著於高價的花瓶、煮水器，這不是矛盾嗎？」他試著為茶人解答：「茶道是綜合的藝術，一方面追求侘與寂的求道精神，另一方面也包括對茶器、花器的鑑賞執著。」但他又追問：「那麼追求所謂美的鑑賞與冰冷枯萎的『寂』之間沒有矛盾嗎？」這一回他不再設想似是而非的答案，他說：「就是單純的煮茶，愉悅在其中，感受心情平穩後所衍生的思緒。」這樣簡單明瞭的答案，他反倒更欣賞。

這不就和千利休說的「所謂喫茶」意旨相吻合了？

至於常聽人掛在嘴上的「一期一會」，遠藤周作試著回到茶道形成的背景探究：在爭戰不斷的時代，「那是不知明日身在何處所發展出來的藝術，因此才有了迫切感，不再只是興趣，還蘊含著思慮者的真切感情。」以室町末期、安土桃山時代為背景的《利家與松》裡，有個小插曲：眼看著城池遭斷水，可能被攻陷，領主夫人過濾、烹煮泥水成乾淨的可以飲用的水，還慎重為領主沏一碗茶。這才是遠藤周作所說的：「對喝的人來說，是今世最後一回喝茶了；對煮茶的人來說，也是最後永別的茶了。當時的茶滋味，恐怕就如『一期一會』般，蘊含著迫切感吧。」

現代人失去了這份迫切感，所謂「一期一會」或是不再被體會，或是已被稀釋成淡淡的情緒上的揮發了？

這些那些問題，都讓人似有領悟而其實摸不著頭緒；建仁寺東陽坊之後，我來到二条城清流園，走走逛逛，有點兒累了，遂在和樂庵茶席點了一套抹茶、京菓子，盤坐於紅色軟墊上，望著清流滑過山石，艷陽下草木崢嶸，我閑坐片刻，讓腳歇歇讓眼歇歇，讓那些人文典故、歷史背景、知識與常識，也都歇一歇，只任濃郁抹茶輕輕滑過喉頭，略有澀感、略有苦感，然後回甘。

大地上禪的投影

禪花園對美的執著、對形式的依賴，比較起其他類型庭園都絲毫不讓步。

關於禪宗，我知道得很少：打坐、冥想、公案、頓悟等等皮毛。然而要深刻了解日式庭園，特別是枯山水，無有一條可以迴避掉禪宗的捷徑；幸好形而上的層面或許不易領會，但「雜然賦流形」，從形式上把握，亦不失為方法。

曾經，我甚至以為「禪宗」天真爛漫，詩意盎然，而且不拘小節；山間水湄遨遊，走雲在袈裟上映照光影，時明時黯，驀地因著某一機緣，就「立地成佛」了。但這一趟在京都，拜訪了幾座禪宗寺院，參觀了幾座禪花園，我才驚詫發現，禪花園對美的執著、對形式的依賴，比較起其他類型庭園都絲毫不讓步。

回國後找來NHK三卷《禪的世界》作功課，新的初步認識覆蓋住舊的刻板想像，體認到禪宗僧侶苦行，嚴謹遵守「形式主義」的規範。

比如成為禪師第一步：求道者來到修道院，坐大廳入口，朗聲唱「我有一個請求」，接著遞上懇求信，雙掌下覆貼在地板，臉部輕輕靠著手背，維持這個姿勢不動。求道者將遭一再的、無情的拒絕，除了夜裡供應簡單食宿，他都必須無視於肉體的痠麻疼痛，回到最初的不動。這是為了試煉求道者究竟有多大意志力，足以面對接踵而來嚴苛訓練。

一日。兩日。三日。四日。五日竟至於。竟至於五日才終於被接受。而這只是個開端。

因此，禪宗「絕不是自結構中被抽離的，或是抽象的宗教，由於高度的心靈特質，它十分著重維持形式之美，以及環境的潔淨，禪因而是一種能衍生出獨特藝術形式的宗教」，在日本，如能劇、茶道、花道，乃至於武士道、劍道等運動競技，廣被及人際互動的傳統儀節，都受到禪的啟發，借用了禪的形式之美。

枯山水也是。

英文中，枯山水的翻譯即為Zen Garden；不過，「禪花園」並不單指枯山水，詩人常建有詩句可以佐證：「清晨入古寺，初日照高林；曲徑通幽處，禪房花木深。」

禪宗寺院儀式最早是在方丈（狹義指住持的居處，又稱堂頭、正堂，廣義還包括附屬設施如寢室、茶堂、衣缽寮）南庭舉行，後來遷入方丈內部，遂在閑置的南庭鋪滿白砂，以煥發潔淨的氛圍；慢慢地，因應僧侶的打坐冥想，布置出相宜的景觀，在精神上崇尚唯心論，手法上巧用象徵符號，把自然加以理想化、抽象化，比如白砂耙出波紋代表湖海，山石幻成島嶼，兩座立石相夾，夾出一道飛瀑奔流，人們隔著一段距離注視，然後——龍安寺旅客指南上寫了：「注視越長久，您的想像就會越來越寬廣。」至於想像些什麼呢？——「請參觀者自己去尋覓」。

雖然早在十一世紀，《作庭記》即有「枯山水」的紀錄，但它的高原期推遲到室町時代，大德寺、龍安寺並稱雙璧。這一時間點與禪宗的逐步推向高峰關係最稱密切，其次是受到中國水墨山水畫的審美趣味影響，第三：政治勢力日漸式微，貴族無力負擔建設龐大園林的開銷。

既然統治階層的權力與經濟都已趨於疲軟，對張羅大型園林心餘力絀，無法將大自然搬到苑囿之內，遂以象徵性手法再現理想化的自然，枯山水不啻是個好選擇。

再者，室町末期掌權的足利氏家族雅好藝文，常藉中日商貿之便買進大量中國書畫器物，因為禪宗的風行，與其相呼應的北宗山水的枯淡趣味成為美學依止。足利氏家族收藏了李成、梁楷、牧溪、李唐、馬遠、夏珪等中國名家作品，審美趨向也影響了當時的日本畫家。

比如如拙，本為明朝人，東渡後定居京都，從日本禪僧習畫，是創啟新畫風的大畫家，代表作〈瓢鯰圖〉。涵藏了余香苑這座美妙庭園的妙心寺退藏院入場券上，印的就是這幅畫。〈瓢鯰圖〉畫的是禪宗公案：「要如何拿葫蘆抓鯰魚呢？」鯰魚喻佛法，葫蘆口比作人的推理邏輯。一僧一鯰，線條簡練、蒼勁，富有動感，畫筆起落之間自有一股自信，灑脫不羈。

或是雪舟。少年時在佛寺，一回犯錯遭懲罰，被綁在柱子上，少年雪舟一邊掉眼淚，一邊以腳用淚水抹出了一隻老鼠，逼真得彷彿就要竄出地面了。雪舟四十八歲時到中國學畫，在天童山景德禪寺進修，獲「畫技第一座（第一名）」，日後他常題款「前天童第一座」。他曾經說：除了大自然，中國已經沒有什麼畫師可以教我了。其自負可知。雪舟是將水墨畫日本化的第一人。

林文月先生〈京都的庭園〉一文中分析，枯山水以北宗山水畫為基本精神，「故其表現力求雄渾蒼勁」，舉大仙院為例，「其創作之魄力，有更甚於水墨畫者」；而北宗山水畫所重視的餘白，對應了禪宗的「以心傳心」，所以寺院枯山水「亦必然以餘白為第一要義」，化身的是鋪陳白砂的空間。

至於禪宗，咸信奈良時代即有傳布，但直到十二世紀，茶祖榮西才在日本開創臨濟宗。

榮西是鎌倉前期僧侶，曾經兩度赴中國學佛。第二度入宋時，打算取道中國前往印度，但未能成行，遂轉往天台山，向臨濟宗耆宿習禪。榮西曾託商船帶回菩提樹枝，種在筑前國（福岡），他的盤算是：「我國未有此樹，先移植一株於本土，以驗我傳法中興之效，若樹枯槁，則吾道不行。」這株菩提樹後來分植於奈良東大寺、京都建仁寺，據說到現今仍然蓊鬱茂密，生機盎然。

榮西五十歲時獲臨濟宗黃龍派印可，回日本後大力推廣禪宗，在九州建立日本第一座禪寺——聖福寺，但佛教界反對聲浪不斷，禪宗竟至於遭遇被禁的命運；經榮西修文辯護，不放棄不敗餒，終獲當權者護持，在京都建立建仁寺，聲望無人可比。為了稀釋反對勢力，除了禪宗，建仁寺一開始同時弘揚天台宗與密宗。

就在同時，日本進入武家統治時代，臨濟宗主張一邊打坐一邊思考公案，武士可以藉此蘊蓄克服恐懼的精神力量，因此受到歡迎，並在普羅大眾間滲透；室町時代，統治者更是醉心禪學，以金閣寺為中心的北山文化、以銀閣寺為中心的東山文化，交織成燦爛的室町文化，影響日本人直到如今的日常生活。

禪宗思想也在室町時代深刻體現於造園精神，表現在回遊式池泉庭園、茶庭，以及獨特的造園手法「枯山水」的臻達圓熟。

由禪孕育出的美的特質，《禪的世界．禪的藝術之美》歸納出七項：

一是不均齊、不對稱，不堅持完美，不拘於細節，但這並不表示在到達完美的境界前保持不完美的狀態，而是刻意自固定的完美形式中解脫。

二是脫俗，開放的心胸以及解脫，這是自由、不拘泥於形式的做法，就是表現一種形式。

三是自然，單純地以自然的形式呈現，沒有任何虛飾的事物。

四是簡素，既不複雜也不俗麗，單純、自然的美。

五是靜寂，無盡的寂靜，自省的心。

六是枯高，孤獨的、嚴峻的，就像老樹一般的高貴。

七是幽玄，綿綿的回憶深藏內心，無界限的涵義。

這些特質乍看抽象，其實不難從表現形式上來體會印證，與千利休的茶道精神也是一致的。禪是精神內涵，落實到日常紛繁的載體上，若是草庵泥爐上壺嘴的噓響，則為茶道，若是大地上砂與石投影出磅礴的水崇峻的山，那麼必是枯山水無疑了。

美在實用的基礎

除了石頭，日式庭園還有三個重要元素：水，植物，添景物。

韓國人李御寧擅長以縮小美學解讀日本文化，他說，枯山水「再現」自然的手法，並非等比例縮小，而是「去除一個一個受時間影響，帶有不確定性存在的自然物」，以期表現出自然的核心面貌。

首先要除去的是嬌弱小草，它無法承受時間的重量；接著淘汰花木，它們會隨季節變化；水的柔軟也要放棄；連高低起伏的地形終將在時間流裡歸於水平，因此也須剷除。最後餘留下來的，只有堅硬的砂與石，「宛若敘述世界，以名詞表現縮小的俳句最後一句，自然的全部運動都包含在石頭與白砂」。

李御寧也曾說過，日式庭園裡的疊石修辭學是「詩的第一句」；最初也是最後，正是唯一，他把石頭標舉到至高的地位。

不過，簡淨至如此境地的庭園我尚未遊歷過，極簡的龍安寺方丈南庭，固然砂與石是焦點，但還有精心栽培的苔蘚；以菜籽油處理過的原料建成的「築地」（上有屋瓦的土製圍牆）當畫框，經五百年滲透、氧化，時間貓足輕輕走過，允妥扮演襯托的角色；築地外則有松有楓有櫻，四時佳興不相同。是林林總總這些元素構成了整體，增添、刪削任何素材，整體感都將隨之調整。

除了石頭，日式庭園還有三個重要元素：水，植物，添景物。

安藤忠雄談建築，認為日本傳統建築，最重要的是與自然之間的協調：「建築被認為是與庭園一體成形的存在。日本的建築文化中，庭園就是建築空間。」而當他論及庭園時，聚焦的是——水，舉西班牙阿罕布拉宮，義大利哈德良別墅、千泉宮為例，著墨的也都是水的角色；安藤忠雄說：各個民族、宗教都視水為神聖之物，光是追溯水的使用方式，就可發現各地庭園文化的差異。也因此，安藤的作品幾乎都不能短少水的姿彩。

比如京都北山通陶板名畫庭，入口即為淹埋於水中的莫內〈睡蓮〉巨型陶板複製畫，裡頭還有淺水池布置裝置藝術。淡路夢舞台則設了一千座噴泉、一百萬枚貝殼貼覆底部的貝殼灘。

或是TIME'S，位於三条通，緊鄰高瀨川，安藤本打算將河水引進建築內部，但遭業主峻拒，護堤則是一再說服政府後才得以拆除；TIME'S進駐了各式商家，自路面拾階而下的是一家義大利餐廳，河岸平台與河面落差僅數吋，不設障礙物阻絕，我前去參觀時，直想脫下鞋襪、撩起褲管，在河岸坐一會兒，撥撥水。以TIME'S的經驗為基礎，後來安藤在大阪的三得利博物館乾脆建一座階梯廣場，讓建物延伸到大海。

水在傳統日式庭園中，兼具生命之源的神聖意涵，以及滌淨俗世塵埃與罪惡的高潔象徵，例如「蹲踞」用以洗手和漱口，最初是為了茶道而設置；茶道不祇是喝茶，它被賦予豐富的精神內涵，洗手和漱口也就不能單純看作表面上的清潔等實用功能；若有機會到茶道的千家三大流派之一「裏千家」的茶室不審庵，會發現茶庭的每一顆飛石都先以水清洗過，才能讓人步行，那是一條從形而下到形而上，走上禪茶一味之路。

而植物，比如樹，《作庭記》說它是「人間天上最為莊嚴之物」，住家四方須植樹，「以為四神具足之地」，若住宅東面沒有流水，則該種柳樹九棵以代表青龍，把樹木神格化了；大臣家門口植槐樹是要「懷柔百姓」，柳樹只栽在富貴人家，一般老百姓不宜僭越，把樹木象徵化了；受漢字影響，種樹有諸多忌諱，如門中種樹是為「閑」，方圓之地種樹則為「困」，都要避免。池中之島應植松、柳，釣殿種楓，這是就景觀上的考量。

植物隨季節變化，又代表了生命的流轉。固然櫻花最富大和民族的況味，但在茶庭，除了綠葉紅葉，繽紛的色彩、濃郁的氣味都被排除在外。對植栽的講究，我在銀閣寺開了眼界；銀閣寺展示使用於園區的苔蘚高達三十餘種，各有各的生態、各有各的形貌，一點馬虎不得。

植物另還有分隔空間、防風蔽日等實際效用。

正如谷崎潤一郎所言：「所謂的美往往由實際生活中發展而成。」添景物也都由實用出發，進而追求美學趣味：踏腳石、鋪石可防塵土沾染，雨天避免濕了鞋襪；石燈籠由佛教獻燈演變而來，用以照明；竹垣畫分界限，若在庭園外圍是為了擋遮，若在庭園內部，一般較為通透，可以分區，也是造景所需；其他還有蹲踞、添水等設施。

添水乃江戶初期武將，也是造園名家石川丈山所發明，巧用槓桿原理，引水注入懸空、中間固定如翹翹板的竹筒，竹筒蓄水到一定重量，終於往下傾入地面以石塊鑿砌的水盆，輕輕敲擊盆緣復又彈起；我著迷於那個鈍響，似是叩問，似是回應，蹲在落柿舍的添水前，一遍一遍聆聽著。

添水又稱「驚鹿」，是為了那一聲敲擊可以驅趕擅闖的獸禽？試想，若有野鹿難耐飢餓，來到庭園啃食花木，冷不防地有一聲「空」如敲在腦殼上，野鹿必然一驚，或許拔腿就跑了。不過，周而復始的單調音聲，還能發揮驚鹿的效果嗎？很值得懷疑；劉大任就說過，他在紐約近郊「無果園」，「拒鹿」是每年秋冬大工程，他曾嘗試各種不同配料的噴劑、辣椒與大蒜水、頭髮、狗糞，甚至超音波，都未能奏效，最終他實驗出了以黑色尼龍網圍在庭園四周，並用粗磅魚線在所有野鹿可能進入的缺口設上中下三道防線，才使得無果園免於野鹿的蹧蹋。

在我瀏覽過的庭園中，兼具造景四大元素的，清流園和余香苑是其中歷史較短淺的，至今不過四十餘年；清流園占地五千坪，作工十分講究，尤其上千座山石的擺設，流水與池塘的分布，經得起細細端詳，可惜短少蔽日樹蔭，我前去參觀當天艷陽高掛，熱死人了；而且，視覺上一眼望去是落落大方，卻缺乏了點掩映的趣味，缺乏了點層次感。

相對地，余香苑最稱佳美。

是個雨天。微雨的日子比起艷陽天更宜於遊園，景物氤氳在潮潤水氣之中，格外顯得飽滿，且帶些微詩意；但那個中午，剛參觀過龍安寺，雨勢驟然湍急，我往妙心寺走去，主要地想去看看退藏院；退藏院有日本水墨畫始祖如拙的〈瓢鯰圖〉，有狩野元信打造的方丈石庭，有中根金作設計的昭和名園余香苑。

約莫一個半鐘頭後，確信迷路了，才終於在罕見人跡的山路間問了路，折返回幹道，搭公車前往妙心寺。

方丈正在整修，影響了石庭的完整，展示的〈瓢鯰圖〉自然也不會是真跡。雨水汗水使我略感到疲憊與狼狽。很快來到余香苑，入口處有枝條密密四垂的高大櫻樹，左右枯山水各一座；繞過櫻樹，各色灌木錯雜伸展，草花盛開三朵五朵，小徑旁茅頂涼亭更添樸雅的人間煙火味。本還覺得不過爾爾，待信步來到庭園盡頭，隨意在木椅上坐定時，眼前所見卻別有一番風貌。

目光所及是徐徐爬升的扇形舞台：近處水塘低平，將殘荷葉高高擎起，雨水斜斜落在水面；水岸左側，山石和灌木叢修剪成團塊緩緩朝上展延，右側植喬木，一彎山溪自高處沿嶙峋山石鋪底的河床潺潺注入水塘；溪水源頭陡然高聳，密植林木，景深更顯敻遙；腳邊則有低矮石燈籠與石橋橫躺，苔痕斑斑。

中根金作善用石頭、水、植物、添景物四大元素，把余香苑打造得既爽朗明快，又錯落幽深，是這樣繁複的細節，又是那樣和諧的整體，可親復可喜，我一個人坐在那裡，心頭漸漸舒展開來。

一朵吹不熄的焰火

透過植在園中這一棵松樹，想像一座森林，森林則為大自然的濃縮。

奈良唐招提寺供奉開山祖鑑真大和上（「大和上」為尊稱）的御影堂，正殿為「濤聲廳」，有障壁畫《濤聲》，由東山魁夷（一九〇八－一九九九）精心繪製。

畫面中，壯闊長浪翻騰，蓄勢奔往巖礁，飛龍也似地就將衝出畫面。巖礁周遭怒濤拍擊，白色碎浪鼎沸，連一瞬的寧謐都不可能；不毛礁石端頂有一株松樹，細瘦嶙峋，身形低矮，根部緊緊攫住黑如鏽鐵的礁石。風好強勁，聽得見呼嘯，多歧的枝椏、頂梢的叢葉讓風給掃向一側偏去，成了一朵幾欲熄滅的焰火。

御影堂每年中秋會在前庭舉辦賞月茶會，開放瞻仰的時間則訂在六月五日到七日，就在安奉大和上御像龕門打開的這三天，出自東山魁夷手筆、平日典藏於倉庫的障壁畫也會安上。整個御影堂障壁畫的繪製，從構思、寫生、試作、正式動筆到完成，費去東山魁夷六十三歲起十年黃金歲月，這十年既是東山畫藝的集大成、臻達高峰，他也將這項工程視為個人生命最後的鉅製。

試作前東山魁夷到日本各地進行寫生，他的構想十分明確：由於第一期繪作的兩廳分別以「山雲」、「濤聲」命名，因此他「計畫寒冬至暖春時節，巡遊狂暴的日本海；新綠至夏陰期間，可以看到山巒生雲起霧，便作山形寫生」。寫生歷時一年，又花去兩年時間繪製，第一期計畫二十八面障壁畫終告完成。

那朵巖礁上吹不熄的焰火一般的青松，落筆前另還有個無松的構想，但他終究選擇了有松：「以青海島上的寫生為基礎，此巖有青松緊附其上。不知這青松幾十年時間裡經受了多少風吹浪打，它不向上生長，低低盤在巖石上，牢牢扎下根子。」就是這一株松樹，恰可以用來詮解種植在日本庭園中不能或缺的那些松樹。

日本庭園裡的松樹，表現的不只是一樹的丰采，更是要透過它完成一個富有想像力的場景，一如《日本之庭》裡說的，張望園中的住吉之松時，「不僅是觀賞松樹枝葉的情趣，還透過其扶疏的姿態，描繪腦海中那曾被歌詠如畫般，有名的住吉海灣美景。」

進一步地，透過植在園中這一棵樹，想像一座森林，森林則為大自然的濃縮，這是威廉．布雷克的「在一粒砂中看見世界，在一朵花中看見天堂」，李御寧說的：

縮景庭園的黑松，身為松樹的同時，也蘊含著指涉松樹之外更大、更複雜的大自然縮小意象。因此庭園的松樹，與自然的松樹不同。那些枝頭彎曲下垂的松樹，象徵著無邊無際的海浪與潮風，海邊狂亂的白砂等，有時也可能代表著覆蓋海邊數千松林的凝縮。大自然本身成為符號性的松樹，這就是變為松樹的海、凝結於黑色松葉與枝椏上的風、結晶於一樹的松林。

有個故事可以呼應：庭園裡的朝顏正開得繁華似錦，豐臣秀吉命千利休舉辦茶會；次日一早豐臣秀吉抵達會場，卻見滿園朝顏被摘得一朵不剩，他心中不悅，待被延請進茶室後，才發現壁龕陶瓶裡插著唯一一朵朝顏。這唯一一朵朝顏就是園子裡千千百百朵朝顏的，美的濃縮。

花季已經過去，紅葉的跫音尚遠，這一趟我在京都，看得最多、印象最深的草木即為松樹：三十三間堂有幾名園丁躲在松針間細心修葺；二条城庭園遍植黑松，搭配巨岩，氣質剛正；平安神宮一群一群青碧松樹襯著高遠澄澈的白雲藍天、朱紅繁華建築；金閣寺有京都三大名松之一陸舟松，氣勢壯盛近乎霸道；或是銀閣寺銀沙灘旁敧腰斜肩幾株松樹，彷彿真的讓海風長期吹拂才站成那等模樣……

然而，都太肥腴了，太優渥而無憂，它們是太平盛世的產物，引起的是晚風拂面的閒逸情志，而非惡水窮山如《濤聲》中那株盤在礁巖上青松的堅韌不撓，或滄桑枯淡的審美趣味。

東山魁夷是知名畫家，廣受日本人歡迎，日本Google在他百歲冥誕當天，以他的作品〈綠の詩〉設計了刊頭；同時他也寫得一手不俗的散文，幾年前我在香港曾購得一冊天地圖書《尋覓日本美》，編在「日本當代散文十家」系列，通讀一遍後我常隨意翻開書頁，讀幾段細膩、優美，而且更重要的是誠懇實在的文字。

《尋覓日本美》是一本走在唐招提寺之路的散文集，縷縷細述繪製御影堂障壁畫始末，摩挲日久，我遂對該寺心神嚮往，因此初抵奈良，甚至還未進旅館check in，便將行李鎖進車站置物箱，逕赴唐招提寺。素淨、樸雅，唐招提寺是我這一趟京都、奈良參觀十餘座寺院，最能夠感受到美的氛圍的，就連寺前幾株古松、窄馬路、駝背老嫗守著的雜貨鋪，都親切可喜。

書中還有讀了讓我頻頻點頭的——東山魁夷自敘創作時的「笨」方法：在縝密構思妥當後，他花一年時間赴日本各地寫生了大量畫稿；以小畫稿擬出初步構圖，再作實圖五分之一的中畫稿，定下構圖，放大成一比一大畫稿；但還不著手正式畫作，而是依據正式製作相同的材料先作五分之一大的試作。這是東山魁夷繪畫大型作品的標準程序，每道步驟各有其效用，一切都只為了成果的完美。為此，整個製作時間幾乎有三分之二是用在準備上。

我是很認同東山魁夷的態度的。富有科學精神而非僅僅乞援於靈感，不厭其煩去找對那構成作品的所有基本元素，對我來說，寫作也是這樣。

秋日風物詩

逐漸地，我也逐漸地懂得了欣賞枯葉之美。

「萩の花尾花葛花瞿麥の花女郎花また藤袴朝顏の花」，收錄於《萬葉集》，奈良時代文人、漢學家山上憶良的這首歌，為秋日七草定名。

萩即胡枝子。紫紅色、白色小花遠看好似米粒，湊近處端詳，卻是一隻隻蝴蝶，或斂翅或展翅，秋風撩動，就要搧翅飛去。奈良唐招提寺植有許多胡枝子，小花綴在大蓬大蓬密葉之間，含蓄、低調，與寺院的古樸相互映襯得宜；京都梨木神社每年九月第三個周末舉辦「萩季」，喫茶、賞花、寫俳句、射箭，文武兼備，該寺御守在鮮潔白色上織繡萩花圖案，秀氣、雅致。

江戶時代迄今，日本人有在春分、秋分之際製作米糰糕點祭祖的傳統，春分的米糰稱牡丹餅、秋分的稱萩餅，但牡丹餅既不以牡丹當原料，萩餅裡也沒有萩。

瞿麥花纖美可愛，又稱「撫子」，生長期在夏秋兩季。

NHK大河劇《利家與松》裡，帶罪之身的前田利家沒有能力購置重禮祝賀摯友婚禮，他們自木匣取出一束粉紅色小花，那是一家人在野地裡採來的，松（主演過《大和撫子》的松嶋菜菜子飾演）將撫子獻給新人，她說：「我們能送給兩位的，只有像夏日晴空般思念友人的熱忱友情，以及被稱為『長夏』的植物——瞿麥，希望我們能永遠像夏天這般彼此深深互相信賴。」一番話說得受禮者眼眶噙滿淚水。這是《詩經》「匪女之為美，美人之貽」的注腳。

葛為豆科，多年生草本，根部可製葛粉，曬乾後稱「葛根」，中藥，用以清熱退燒。女郎花乃黃花龍芽，有毒，常見於盂蘭盆節的裝飾花。藤袴別名澤蘭，紫色花朵成筒狀，形似和服褲裙（袴）而得名。

爾今，朝顏指的是牽牛花，與「晝顏」日本打碗花、「夕顏」扁蒲花、「夜顏」天茄兒花，都是以開花的時間來命名；但牽牛花乃遣唐使自中國引進日本，江戶時代風靡一時，至今每年夏天有充滿祭典風情的朝顏市集，比如入谷朝顏市一連舉行三天，規模為東京最大。奈良時代尚未有牽牛花，所以山上憶良所說「朝顏の花」不指牽牛花，而是桔梗。

這一趟在京都，未能夠得睹桔梗，倒是於二月堂、三十三間堂都發現有一簾朝顏，栽種在窗下盆缽，自地面拉麻繩或鐵線至窗櫺，形成傾斜平面讓朝顏攀爬，成了一面繽紛綠簾，兼具美化、蔽蔭與擋遮等功能；秋陽薄薄，花季已是強弩之末，花朵瘠瘦，葉緣染上黃褐，看似蕭條，其實植株正全力護育著種籽，枯淡卻不枯槁。

以織田信長、豐臣秀吉、德川家康的崛起為時代背景的《利家與松》裡，京都在前田利家的形容裡，還是個穎新、俗艷的城市，但經數百年時光濾鏡，如今的京都已籠罩於懷舊燈火之中；或許就在這種氤氳裡，也或許是因自己多吃了幾年飯，逐漸地，我也逐漸地懂得了欣賞枯葉之美。

但這並不是李御寧所分析，日本人欣賞「凋零之美」的心理狀態：「殷切不絕纖細異常的日本之美，不是來自生存，反而是迫近死亡（一期一會）的意識孕育而生。」他引用武士精神相比擬：「每朝每夜，若不時時刻刻再三正視死亡，常住死身，將無法領悟武道的自由。」我所感受到的枯葉之美，正與這種緊張感背道而馳，是生命長跑的接力棒已經交了出去，長久的努力後終於可以喘一口氣。

至於尾花，又稱「薄」，我們所熟知的芒花。

很能夠體現日本人「萬物有靈」自然觀的《家守綺譚》，以二十八種植物貫串不得志文人綿貫征四郎受託照顧亡友家老房子一年的生活。中秋節當天，征四郎採了幾枝芒花，插進自壁龕取下的缺口花瓶裡，擺在門前長條凳上，他看了看，心想：「光是這樣就已顯得十分風雅，相當像樣」了，遂連糯米糰子（大概是萩餅吧）也省了去。在台灣，相對於其他節日，中秋夜祭以柚子、月餅，已算是比較簡單的民俗；但比起征四郎一瓶芒花的簡約，倒又顯得隆重許多。

秋高氣爽，征四郎往郊山散策，不知不覺間明月已經高掛，遍地芒花反映月色，天地一片皎然，他索性打算在山上過一夜，就近躺芒草叢中，卻聽見人聲嘈雜；他坐起身來探看，聲音消隱了去；再度靠到樹身，喧譁又出現了；正疑惑時，看見亡友自遠處走來，告訴征四郎，他所在的是個好地點：「所謂好地點，就是人死後想要葬身的地方啊。」征四郎這才恍然大悟，移往他處。

我在台灣從沒見過有人將芒草當園藝植物，在京都則習見：比如奈良藥師寺、志賀直哉舊居，京都哲學之道旁知名化妝品牌的庭院，瓶插更常見它的姿采……對許多人來說，旅途中這裡那裡見到的花草樹木，也不過就是構成整體風景的一個元素，一晃眼就過去了吧；但對我而言，每一株我曾留意的植物，都像旅途上打過交道的一張臉孔，自有不同面貌，自以不同的形象被我記憶在腦海裡。一路行來，慣將芒當雜草的我，看著看著，也慢慢看出了它的美。

芒，不以肥美不以團塊取勝，而著重於線條的表現；驀地我想到，幾度日本之行，或在台灣結識的日本友人，殊少大體積的，據說這和日本人多食魚鮮有關；我不禁憶起英國有好多的大塊頭，大約天氣陰寒，走進當地商店，總被一牆以巧克力為首的甜食大軍狠狠迎面擊來；就連英國人養的芒花也格外肥腴呢——一日坐雙層巴士的上層，途經愛丁堡郊區，遠遠眺見一戶人家院子裡有好壯觀一叢芒草，也是秋天，也在花季，那叢芒花彷彿異形或基改產物一般，令人咋舌。

以日本人的審美觀，不會把芒花養成那樣龐然大物吧！

一顆石頭也是專業

大抵每一座石庭都是這樣，沒有知性基礎無法靠近創作核心。

多年前，我曾在日本綜藝節目《電視冠軍秀》中看過庭園設計競賽，對一名參賽的造園師傅指揮助手擺設山石的場面印象深刻。他們在庭園裡以木柱架設大型三腳架，端頂掛滑輪組，長鏈垂下懸吊巨石，利用挪移三腳架重心來定位。師傅站在稍遠處發號司令，這裡高一點那裡低一點，往前往前，後退後退，計較的都是毫釐之別；兩刻鐘過去，不消說助手滿頭滿臉汗水，連師傅也汗流浹背，仍遲遲無法定案；諧星主持人露出誇張的、既敬畏又不可思議的表情。

一座石頭的擺設也是專業；這項專業是連日本人自己都要咋舌稱奇的。

以三腳架調整石頭位置的技術，早在十七世紀、中國明代計成所著《園冶》就有記載。計成說：要在庭園疊山，須先打下木樁；計算木樁長短，勘查地基虛實，依隨地勢掘土、豎立柱子，估算高度掛上滑輪與繩索，繩索要強韌，扛抬要沉穩……做好這些準備，就可以動手以石塊堆砌假山了。

《園冶》分十篇談造園種種應該注意的細節，務實不務虛；其中〈掇山〉、〈選石〉兩篇對石頭發過一番議論。計成說，那些玲瓏有致的石頭適宜單獨欣賞；質地堅硬的，也要求造型古拙；小型石頭的布置可以參考倪瓚畫作，大型山石則不妨模仿黃公望的山水布局。他並對十六個不同產地的石頭作了觀察，其中擺第一位的太湖石最為人耳熟能詳，這種石頭有嵌空、穿眼、宛轉、嶮怪等各種可觀的態勢，常見於中國庭園，我在蘇州拙政園、南京總統府，乃至於台北故宮至善園都曾看過，其中總統府的好似變形金剛，而至善園的最稱俊美。

不過俊美並非品石標準，至少不是鄭板橋的標準，他標舉的是「瘦。皺。漏。透」；更早之前，米芾則以「秀。瘦。雅。透」為審美趣味。

不同地方的石頭有不同質性，就像人雖都有個性，但也表現出了屬於他成長的所在某種普遍性格。這個道理到了日本當然也行得通，酒井順子寫《京與都》，比較京都與東京兩地水土人文的異大於同，甚至在同時獲得芥川賞的京女綿矢莉莎與東女金原瞳身上，看出了兩地的出入：一名是「很普通地長大，不太把自己的事讓人家看到的綿矢小姐」，另一名則為「非常有個性地長大，毫不掩飾地展現自己的金原小姐」，兩名少女作家各自代表了日本兩大都市的風格縮影。

不論產地，僅就型態和功能區分，日式庭園的石頭主要分成五類：用來當成主石的「高聳直立石」，高逾三尺，引起垂直的視覺效果。作為配角的「低矮直立石」，三尺以內。具有引導能量效應的「伸展石」，石面斜切牽動視線。懶洋洋的「斜躺石」。以及多半扮演實用功能如腳踏、橋梁的「平板石」。

操作上先安置好主石，這是最為重要第一步，因為接下來將根據主石逐一安排，直到完成整體布局。難怪《電視冠軍秀》裡的造園師傅要錙銖計較了。

擺置上多以奇數為一組，呼應佛家、道家信仰。奇數為陽數，具有正面能量的暗示，據說日本人連生魚片擺盤也都遵循奇數原則，可惜旅行在外，用度多所節制，最先省下來的就是飲食，我並未在日本正正式式用過一餐生魚片。枯山水倒是略有見識，比如龍安寺方丈南庭別稱「七五三之庭」，十五顆石頭形成三個群落，以七五三之數排列，西端龜石組，中間蓬萊、方丈、瀛洲三仙石，東端三尊石；但雖說有十五顆石頭，不管從哪個角度望去，卻都只能看到十四顆，更增添了傳奇色彩。

這座石庭也稱「虎之子渡」之庭（非龍安寺石庭專屬，南禪寺大方丈前庭就也有同樣別稱），典出傳說：母老虎產下三隻幼雛，其中之一叫「彪」，凶猛異常；遇河，母老虎每次只能馱負一隻小老虎過河，但若沒牠緊緊盯著，彪將傷害手足。接著便是益智遊戲裡的：請問母老虎要如何往返兩岸，才能平安將三隻小老虎渡到彼岸？

故事中渡河的周折比喻禪修的辛苦，彼岸則為解脫。

位於花見小路盡頭的建仁寺，除了氣勢磅礴的大雄苑，還有一座小石庭，長方形，白砂覆地，正中植茶樹一株，樹根扎地周圍作圓形，旁置一石，邊沿砌一方石井，上覆竹片編成的方蓋。茶樹不在花季，這座石庭看著並不顯眼，我一度穿廊走過，並未留心。第二度行經時發現有學童成群靠在廊柱上抄寫，趨近一看，原來是園名：○△□乃庭。頓時不敢小覷，駐足端詳一番。○水，△火，□地，造園者所想傳達的，比我眼中所見、心中所能意識到的，更為深沉複雜。

大抵上每一座石庭都是這樣，沒有知性基礎則無法靠近創作核心。

其實我是很重視直觀的，那是不受汙染的第一眼；但是，直觀卻常常變成偷懶的藉口。對於智慧的產物，比如石庭，畢竟只有透過知識才能靠近核心，進而掌握。

編輯枱上我曾讀過，年近八十的許倬雲回憶恩師李濟之。第一堂課，李老師問了一個問題：要如何在一片草坪上找到一顆小球？學生默默，無人作聲。李老師提出的方法是：在草坪上畫一條一條平行直線，沿線低頭端詳，一條一條走完整座草坪。笨方法是好方法，李濟之在故宮博物院的同事李霖燦，就是用了這個方法，而得以在〈谿山行旅圖〉繁枝密葉中找到范寬的署名。

以為用直觀就能掌握石庭所有，那是不知道自己漏失了多少。

砂是留白的趣味

林文月先生凝望枯山水久久不願離去，導遊催促她：「請起身吧，坐久了會暈船的。」

出發前，請教了曾走訪京都的朋友，聽聽他們的經驗。一名朋友說，如果時間不夠充裕，去了金閣寺，銀閣寺就可以不必去了。後來我一抵達京都，便前往金閣寺朝拜，了了一樁種在三島由紀夫同名小說的青春心事，不過，也沒錯過銀閣寺；甚至感覺到，銀閣寺的素雅比起金閣寺的精美、銀閣寺的閑靜比起金閣寺的繁華，都更讓我衷心感到喜愛。

銀閣寺本名慈照寺，為室町幕府將軍足利義政的東山殿別墅。義政祖父足利義滿的北山殿別墅金閣寺有貼滿金箔的舍利殿，銀閣寺觀音殿則為樸實木造建築；未貼覆銀箔，說法有二：

一是東山殿興築於應仁之亂（一四六七—一四七七）弭平之後不久，兵困民乏，經濟凋蔽，乃義政向老百姓課臨時稅和勞役始得建成，觀音殿曾敷一小部分銀箔，無奈財務吃緊只好喊停。二是，足利義政為當時文化界領袖，他本身習禪，熱中茶道、花道，美術和工藝在這一時期也都有長足發展；義政以東山殿為中心建立起東山文化，融合公家、武家、禪僧文化，史家將它和北山文化合稱為「室町文化」，滲透進一般日本百姓的日常生活之中，影響至今十分深遠；而作為義政退隱之所的東山殿建築，保留木頭天然紋理，更符合義政的禪宗、茶道美學。

哪一種說法較接近事實原貌呢？寺方曾經煞有其事地作過科學檢驗，發現完全沒有銀箔殘跡。推斷第二個說法占了上風。

雖然銀閣無銀，但它的一個鮮明形象是，冬日裡東求堂、觀音殿、枯山水，乃至於庭木皆罩上厚雪，一片銀白世界；或者也不待冬雪的裝點，東求堂前枯山水——向月台、銀沙灘以富含石英的細砂鋪成，月夜裡這座庭園將被烘托得銀紛紛？

穿過修葺整齊的青竹、椿樹夾道的銀閣寺垣後，一踏入寺內，眼神馬上被深具現代感的「裝置藝術」所攫捕：「向月台」上窄下寬圓柱體，脫胎於富士山，底部可容十人合抱；「銀沙灘」則展現壯麗的手采。

相對於龍安寺七五三之庭的秀美彷彿溪河潺湲，給人以抒情詩的安慰，銀沙灘所示現的，則是在它盡頭連綿了一片未能夠具體鋪陳的海洋；沙灘旁幾株黑松抓地，斜斜伸出枝椏，模擬了長期為海風吹襲的樣貌，更添動感。一名中年男人穿淺藍工作服，彎身以手以耙撿拾曲徑旁、沙石間的枯草落葉，細膩宛如刺繡；他大概是雜役，石庭的維持則有賴於專業造園師或寺僧。

反映月色只是地面鋪砂的功用之一，據說日本戰國時代，於庭園鋪砂、以耙畫出箒目（紋樣），是為了偵測忍者闖入。實用功能還有：可以避免塵灰飛揚，阻絕雜草蔓生，天寒地凍時防止跌倒。

奈良唐招提寺南大門入口到金堂一段路上遍鋪圓砂，入了和歌：「金堂圓柱明月影，砂地踏月思沉沉。」出自會津八一博士之手，是他於踏著金堂那粗短有力的開放式柱列讓月亮映在砂地上的陰影時，所敲定的句子。東山魁夷則寫出了砂地的音響之美：也是個潔淨如洗的月夜，畫家凝望著自金堂檐下陰影裡透顯而出的佛像，渾然不似現實，而「腳下淋濕的砂礫愜意地沙沙作響」，他俯視腳前座燈，看見白色和紙上貼著一枚萩葉。

造景上，比如應用於枯山水，鋪砂代表留白的趣味；因為枯山水的表現受中國北宗山水的啟發，林文月先生說：「北宗水墨山水特重畫面中之餘白，而餘白之空間構成，正符合禪宗『以心傳心』的教義，故寺院枯山水庭園之作，亦必然以餘白為第一要義。在枯山水中，能表現此餘白部分者，即敷白砂之空間。」「餘白」並不指一片空白，而多半用來象徵水的各種型態，表現手法是「箒目」的卷與波，雨季的飽滿充沛，旱季的荒疏乾渴，飛瀑激濺，浪花拍岸，或是一彎淺淺溪水的溫柔，式樣多變，存乎創作者一心之間；銀沙灘則在砂面上耙以粗糙和光滑相間的大面積斜線，手法大膽，氣勢壯闊，是江戶時代的產物，但給我的並非思古幽情，卻是穎新而前衛。

林文月先生曾提及她參觀曼殊院，凝望枯山水久久不願離去，導遊催促她：「請起身吧，坐久了會暈船的。」

日本藝妓至今仍滿臉塗白，肇因於古代沒有電燈，燭光中一張白臉，五官最易凸顯；至於最能夠凸顯枯山水的，則在掌燈時分，燈火斜斜投射，波紋與渦卷更加歷歷分明，水勢益見湍急、水流益發洶湧，一如不易沉靜的內心有波濤震盪，而震盪中的島嶼仍如如不動。我闔眼想像，看見島嶼如如不動任汪洋潑濺而一仍如如不動，它似乎有所暗示，我似乎受到啟示。

再見水分石

鏡容池裡一雙水分石，是龍安寺在我告別之際，給我的一個淺淺微笑。

許多年前我曾過訪東京，在舊書店買到薄薄一冊《枯山水の庭》，至文堂出版，昭和四十六（一九七一）年發行，為「日本の美術」叢書第六十一號；「日本の美術」每月中旬面市，每冊探討一個專題，圖文並重，問世至今已發行五百餘冊，我常駐足捷運台北車站通道旁一家日文雜誌專賣店翻閱。

這冊《枯山水の庭》以京都龍安寺一組山石特寫當封面，霉斑點點，苔痕蒼蒼，背景築地的原料曾以菜籽油處理過，經四百多年滲透、風化，益發顯現出枯淡的審美趣味；至於書本，也有了些風霜，邊沿略微翻捲摺痕。雙重的時間浸潤，我常在晨光中一頁一頁翻去，心中有許多想像。

想像坐在面對石庭的方丈南緣（日式建築邊沿鋪木板的走廊）上，理應是個陰天，有一陶碗釃茶置於身旁，心上的負擔是旅人唯一的行李。一個人，靜看潮濕的空氣潤澤山石、苔蘚、鋪砂，天光在稜角、縫隙、波紋上以難以察覺的緩緩，緩緩變化身影；一個人，也許沉思，也許就只是凝望著，並不思慮。大概無法頓悟出什麼人生至理，但總能沉靜一時；大概不會帶給我人生任何發自根柢的改變，但就在那幾刻鐘裡，能有一股恬淡，一股清涼況味，讓心上的行李終於卸下，終於消融，隨茶水的裊裊蒸氣蒸騰於大化之中，復消弭於無形。

我來了，我驚歎於石塊的造型、色澤與紋路、整體布局的均衡。但我所感受到的不是禪意哲思，我所感受到的，是美；不僅止於視覺，它往心間揮發，氤氳氤氳成一種意境。

不過，沒有茶，沒有一個午後的沉澱，二十餘公尺長檐廊上坐滿了人、站滿了人，格外多的是豐腴洋婦女，他們以手指指點，低聲討論，至於吱吱喳喳嘻嘻笑笑的是中學生，解說、拍照，一波退去一波湧來。

龍安寺石庭聲名遠播，有「石之龍安寺」美譽，與「苔之西芳寺」相提並論；一九七五年英國女王伊莉莎白二世去到日本，表明希望參訪，參訪後大為讚賞；上世紀末馬友友〈SOLO〉專輯，封面以此當背景，他還曾為Suntory Whisky在這裡拍過廣告，晨光中演奏高大宜曲目；以枯山水為主題的書籍常拿它當封面，比如我手上那冊《枯山水の庭》。

小津安二郎的電影《晚春》裡也有這座石庭的蹤影：兩個初老男人坐在方丈南緣軟墊上，定格畫面捕捉了石頭各個不同角度的表情；一個說：「如果生孩子的話，還是生男的比較好，女孩子就白搭了，好不容易養大，還是要嫁人；沒嫁人時擔心嫁不出去，一旦真要嫁了，心裡又不是滋味。」一個回答：「這也是沒辦法的啊，我們當年娶的，也是人家養大的女兒。」靜默不語的石頭彷彿聆聽著。只是聆聽著。

龍安寺石庭是石庭代表作，據傳出自日本美學史上傑出人物相阿彌之手，完成於十五世紀最末一年，東西長二十五公尺、南北深十公尺，手法洗練，志賀直哉說：「沒有一樹一草的庭園是多麼奇妙的思維，但是我們並不感到絲毫的怪異……為了在只有五十多坪的地面表現如此廣袤的自然，事實上這樣的思維對相阿彌而言，一定是唯一的方法。」志賀直哉是大自然愛好者，我曾參觀過他在奈良的舊居，庭園面積是龍安寺石庭六倍大，而風格截然不同於石庭的疏朗與簡潔。

身為白樺派主力作家的志賀直哉，以短篇小說享譽二十世紀上半葉日本文壇，代表作卻是唯一長篇《暗夜行路》；白樺派作家普遍富有人道精神，比如志賀直哉，他出身武士世家、父親經商有成，卻因赴足尾銅山礦毒事件現場而與父親種下不睦的種籽，又因打算迎娶家中下女而衝突加劇。四十二歲時志賀直哉遷居奈良，自己設計屋宅、營建庭園，在這裡住了十年，完成《暗夜行路》後篇等書。目前他的舊居為奈良文化女子短期大學的研究討論室。

俯身穿過低而且窄的院門後，寓目一片蒼鬱，牆邊老樹、垣上老藤，時間竟也在它們身上刻下歷歷分明的痕跡；繞過書房來到正院，才聞嗅出蔥蘢的生氣蓬勃，天剛放晴，草木讓雨水沐洗得精神奕奕，木賊、木芙蓉、野薑花等各色花草錯落紛繁，柳暗花明，玩著尋寶遊戲一般——《暗夜行路》具有濃厚自傳色彩，主角謙作每遇精神困蹇便投身大自然，奈良舊居的庭園或許也正是敏感、纖細的志賀直哉在精神上的救贖。

只我一名旅客，不算大的一座庭園細細探看，感覺草木清新在胸臆出入，這種閑逸自在不是面對觀光客來來去去的龍安寺石庭時可以比擬的。

事實上，石庭名氣忒大，不讓人意識到龍安寺除了它還有其他：離開方丈、庫裡後，經敕使門，往納骨塔，穿越櫻苑，環繞鏡容池這一段路閑閑散策，在我拜訪的那個初秋陰雨天裡，清涼怡人；驀地，看見離岸不遠處鏡容池中兩尊山石露出水面，啊，那美！我心上一個震動。這雙「水分石」是龍安寺在我告別之際，給我的一個淺淺微笑，日後不為石庭，為了它們倆我將重訪。

越數日，臨離開京都前，我來到北山通陶板名畫庭，好有興味地看著安藤忠雄的建築。突然一個露天淺水池展示空間裡有一組山石裝置映入眼中，一大兩小分明就是枯山水的擺設，仔細看卻發現用的是金屬材質。我會心一笑，把它和鏡容池裡那一對水分石疊影在一塊兒了。

無處不石，甚至連金屬也要偽裝成石頭，我沒看過哪一座城市像京都。

〔代跋〕
像我這樣一名觀光客

觀光客與他造訪的城市彷彿隔著一扇瀏亮玻璃窗，看似透過這扇窗戶見識穎新的世界，有了前所未有的眼光；然而，窗外的光影晃動重疊上投射在窗玻璃的臉孔，看見的其實是以客觀世界為布景的主觀映像。

早在出發前兩三個星期，朋友聚會，或是msn上打招呼，總是難免問一句：行李收拾好了沒？也許是因為今日拷貝昨日，沒有太多新鮮的談資，但也足以證明，出國一趟，的確是日常中一段值得在行事曆上特別標誌出來的時光。

其實，總是在趕工。趕著在出發前盡可能預先完成休假期間的工作，避免留給同事太大負荷；有時從辦公桌上抬起頭來，兩眼一時失去焦距，世界液化，漂漂晃晃，心中好哀怨：唉，乾脆不要出門算了，「我討厭旅行。」又埋首辦公桌，很認命地做將下去。

討厭旅行？我怎麼可能說出這種傻話（注一）。像我這樣一名上班族，不正因為過分緊湊的節奏，更需幾日出門走走的鬆緩。有回搭機從關西返台，飛機著陸，滑行，警示燈熄滅，驀地坐我身前一名大漢趕在一片騷動之前起身，他大歎：啊，回到現實了。的確，這五天七天、一周兩周逸出常軌的日子，正像一段超現實時光。大漢既是惋歎，也是召喚，召喚那遺留在異次元的魂靈，回來會合。

至於行前，搶在暇時讀讀必要、但不過多的食宿交通資訊；也收拾，但非行李，而是屋子。收拾好屋子，臨出門時為盆花澆個濕淋淋，並在桌上擺顆青蘋果。

出門走走，該怎麼命名？冒險、流浪，彷彿有階級與高下之分似地，然後是觀光。

冒險。那年我打算取道普羅旺斯，越庇里牛斯山到伊比利半島，於法國邊境小城等火車，有半日空檔，我在公園遇見一名移民當地中國婦人，她一臉驚恐陳述發生於她丈夫的同事身上，在西班牙遭搶的經歷。故事說完，她又俐落又誠懇地勸我不要去那個強盜國了；若執意要去，就什麼都不能奢望，保佑自己能活著離開就阿彌陀佛了。

婦人說得好像我將深入的是亞馬遜叢林，與巨鱷、食人魚、食人族對峙；說得好像我是一名頑固探險家一般。說到底，在這個時代，最大規模旁觀他人探險的所在，是電影院；現代人親身涉足的，愛情是生命最大的冒險。除了愛情，哪還有什麼涉險的壯舉？

流浪。我曾經一個人跑到歐洲，慢慢走了三個月。行前，嚮往的是背包客的俐落，認真買了一個草綠色大背包，把行李一件一件擺進去，盥洗用具換洗衣物布鞋拖鞋，一件一件擺進去，旅遊手冊鬧鐘指南針文具筆記本，一件一件擺進去……擺是擺進去了，但肩頭單薄卻扛不起塞爆的背包，我坐床頭與它對望，終於起身，筆記本文具指南針鬧鐘旅遊手冊，一件一件拿出來，拖鞋布鞋換洗衣物盥洗用具，一件一件裝進硬殼行李箱。方便是方便許多，但總覺得拖著行李箱的身影終究不夠瀟灑。

至今多少年過去了，這個大背包隨著我搬過幾回家，卻始終沒能派上用場；儘管如此，那三個月英國法國西班牙一趟自助旅行，是我所做過最棒一件事。而我也仍醞釀著，醞釀著一次更大規模的壯遊。

觀光，多半時候我是。到了倫敦趕著去搭倫敦眼，到了巴黎排長隊上巴黎鐵塔；到了東京呢？不，不是東京鐵塔，台場摩天輪有許多日劇在這裡取景，我看著霓虹在身前身後頭上腳下閃閃爍爍，一個人也覺得好浪漫……事實是，我不僅盡了觀光客的「義務」，而且樂在其中。

當然也瞎拼。那個秋天，剛走過貴得不像話的倫敦、巴黎，來到巴塞隆納，又是行程最後一站，相對便宜的物價讓我「這個請打包、那個請結帳」，甚至沉甸甸一隻陶製冷水壺也塞進手提行李袋。一日，我在街頭看見一幅諷刺漫畫也似的場面，兩名女人遠遠隔著兩張咖啡桌聊天，而她們並無其他夥伴。很快地我明白，原來在這個治安令人不安的城市，兩名女人以她們的四條腿護衛出一個長條形面積，咖啡桌底滿滿瞎拼戰利品。

巴塞隆納是我所走過最美的城市，除了高第、畢卡索、米羅、達利的裝點，宜於購物必然也為它的美敷上一層顯色劑。然而，機場check in時，因為行李超重我被課以高額罰款，旁側一名操著廣東話的華人顯然也有同樣命運，他生氣爭辯，只差沒跳上櫃檯去抓花地勤的臉；而我，我乖乖地我默默地把錢給付了，貪便宜而一點便宜也沒有貪到。

「觀光」在這個時代，已是個負面取向的字眼了吧。好像少老女男一群人尾隨舉著小旗子的導遊趕行程，遇到紀念地標喀嚓喀嚓拍張照片證明到此一遊。可那又怎樣呢？若他們的各種條件如時間經濟語言等等加總起來，最適於以這種方式出遊，旁人又如何可以帶著一種嘲諷的態度來看待他們？

剛好地，我的各種條件加總，使我可以採取另一種觀光客的行徑。

像我這樣一名觀光客，一個人出門。不結伴？朋友得知，都說不容易想像，他們問：難道不會寂寞嗎？又問：沒有人可以分享怎麼辦？怎麼會寂寞呢在旅途上，我好似鯨魚不加揀擇大口吞食海水，無數鯨鬚濾食浮游生物一般，開放所有感官接受各樣穎新的人物景致，摺疊、收納，好供日後檢視、反芻再三。

也曾試著與朋友一同出遊。比如有回到香港，幾名熟識投宿同一家旅店，白天各自安排行程，晚上相約用餐，回旅店盥洗後再相偕上蘭桂坊歡鬧，燈光迷離、樂聲高響，人群雜遝中醉意不只有一些，看到身旁有朋友相伴，好安心。

這不啻是個好主意，既能相互照應，又不失自主。後來我想複製這個經驗，和另一名朋友同飛東京。

朋友是個好人，又冷靜又聰明，只是對這座城市不大有熱情。兩日後我提議兩人分開行動，晚上回旅店後，他說我們到居酒屋喝一杯吧，我欣然應允以為有了默契；初時還分享彼此白日所見，幾杯清酒下肚後他直陳心中不滿：要分開走，那當初幹嘛一起來？我小心賠不是，心裡卻又堅持。相持不下，老闆娘現身，不，不是打圓場，她委婉暗示我們離去：菜都上完囉，早點回去休息，明天還有好多地方要去吧。

隔兩天，他就提早回台灣了。這件事對我打擊很大，多少年過去，我一想起依然懷著遺憾，我願我們還是朋友，但不必一起出遊。

看過《殺手沒有假期》嗎？兩名殺手，一胖一瘦，胖子是名儒雅中年人，瘦子長一對八字眉滿面倒楣相，他們執行完一樁差事後，奉命到布魯日休假。布魯日是比利時保存得最完整的中世紀小城，教堂林立、河道蜿蜒，有「北方威尼斯」之稱，入列聯合國教科文組織世界文化遺產，二〇〇二年歐洲文化之都；胖子殺手樂在觀光，瘦子殺手卻對一切都提不起勁，只想泡酒吧釣馬子。一日，兩人站在馬克特廣場鐘樓底，胖子問：要不要上樓去？瘦子回問：上頭有什麼？胖子：風景。瘦子：地面的風景這裡就看得到了。另一日，來到一座博物館前，胖子介紹：布魯休斯博物館。瘦子說：名字都好奇怪。胖子解釋：對，這是法蘭西斯語。接著敘述起該博物館歷史，瘦子打斷他：我討厭歷史，你不討厭嗎？都是發生過的事。……

出門走走，要上哪兒全憑個人喜好，在我看來，逛博物館並不比上酒吧喝兩杯來得高尚，但這樣的兩個人結伴，爭不如自個兒動身。

都說旅途上很難不有爭執，我們雖無爭執，他卻提前結束旅程，使我日後寧願一個人上路，直到去年走訪京都才破例。是個沒有話不能講、沒有情緒不能表達的朋友，一路上說話說話不斷地說話，所有感受都在話說出口當下散逸於空中；事後回想，對他那幾日舉止的印象還深過京都。後來他依原訂計畫先行返台，我對他說：你的行程已經結束，而我的，才剛剛要開始。

一個人，站在衢道，手中翻轉地圖，東張，西望，一時茫然不知要往哪兒去，比如置身大阪梅田車站土石流一般傾洩而出的人潮中，這是旅程一部分。一個人，走著走著，花了過多時間卻仍找不到目的地，天色慢慢暗了，冷風吹來掀起寒意，好像迷路了呢，比如在洛北更往北邊的山路上走去，這是旅程一部分。一個人，看著御苑白，那美到令人倒抽一口氣的純白菊花，靜靜凝視，激動終於逐漸和緩，心上一片寧謐彷彿剛經歷過一段神祕經驗，比如在淡路夢舞台，這還是旅程一部分。

一個人，站在街頭，看見清潔車滾動巨刷，把馬路上的字紙風捲殘雲般掃進鐵胃裡，而不遠處一名黃皮膚看似華人老頭，駝著背，從厚衣口袋中拔出一隻手，彎身去揀地上一截菸屁股，含到嘴中，劃一根火柴點燃它，寒風颯颯，比如在愛丁堡王子街上，這也是旅程一部分。

很重要的一部分。

如果身邊有個人，幫你看地圖，興高采烈分享心得，催促著要往下一個景點移動，甚至為了什麼正在賭氣……也許就將錯過這些細微的風景了，雖然，那也是旅程一部分。

像我這樣一名觀光客，走得慢。大老遠來一趟，下次再來不知何年何月了，難免也想多逛逛幾個地方。就有一日，我計畫到神戶郊區參觀谷崎潤一郎舊居倚松庵，接著到安藤忠雄設計的淡路夢舞台，再回北野異人館。旅遊手冊給倚松庵二十分鐘，我粗估三倍時間，實際上細細看過後離去，時間又是我所預估的三倍；搭電車轉巴士到夢舞台，粗疏繞過一圈後趕回異人館，暮色已然四掩，那些據說洋溢著西洋風情的房宅都已閉門謝客。想想，還不如盹在夢舞台面海的山坡上曬曬太陽吹吹風。

既然我無法掌握時間，那就捨棄一個景點，反而盡興。

事實上，我也會像集點遊戲一般地，在地圖標誌出曾經造訪的所在，看看去過哪些地方，但真正在心版留下深刻印記的，多是那些看似無所事事的片刻。

京都是個宜於慢慢走的城市，坊間有不能盡數的小書、有不能數盡的達人推薦各種類型主題散步路線。而我，聚焦於日式庭園：欲親炙重森三玲的傑作，請往賞楓名所東福寺；想欣賞夢窗疏石國師的手筆，當然選擇天龍寺曹源池；南禪寺塔頭天授庵的秋天美得像一則神話，妙心寺退藏院的余香苑大概是極樂世界的縮影；大德寺大仙院乃枯山水名所，與龍安寺方丈南庭並稱雙璧，前者滄勁好似斧劈皴，後者秀美宛如抒情詩……

每日挑一二佳美之處細細鑑賞，與草木石砂對話，傍晚時分回到車站對面京都塔大樓地下室公共澡堂沖個澡、泡泡腳，換一身輕軟，然後用一餐不豐不儉的晚膳，再上三樓書店閒逛，在僻靜角落有幾張桌子的二手書，訂價低廉，挑出一本《銀花》月刊結帳，找間咖啡館一頁一頁翻去。——這就是我尋常的旅途，這就是我生活在市井之中的小確幸，我愛與人分享，沒什麼高明可以指導人。

人在他方，腳步所及往往只耳聞目睹了這座城市的一聲寒暄、一瞬表情牽動，也許是歡鬧也許是惋歎，展顏或皺眉，片片段段零零碎碎，哪裡會是這個地方的本然面目？倒反映了自己內心的輕盈或沉重。

我總以為，觀光客與他造訪的城市彷彿隔著一扇瀏亮玻璃窗，看似透過這扇窗戶見識穎新的世界，有了前所未有的眼光；然而，窗外的光影晃動重疊上投射在窗玻璃的臉孔，看見的其實是以客觀世界為布景的主觀映像。一部分旅遊書寫所捕捉的，無非也就是這個一轉開身即不復存在的片刻。如此的偏見或偏偏看不見，是從目的地的擇取就開始了，像我這樣一名觀光客，總是逛不膩市集逛不膩書店，當然，還有永遠讓我逛得興致勃勃的園林。

英國人熱中園藝，用綠手指已不足以形容，他們流著的是綠色的血液。我曾在愛丁堡待過四星期，最喜消磨於當地皇家植物園，在遊人罕見的午後沿著敻長樹牆慢慢走下去，在彷彿天空的綠蔭底閑坐，看松鼠追逐、鴿子求偶，也拿地圖一個園區一個園區去見識，似有體會；來到倫敦，流連於一座又一座都市綠地，其中雀兒喜藥草園最稱精巧雅致，用一盞下午茶感受英式優雅，又哪裡會錯過邱園？——休閒以及植物研究的重鎮……「在社會開化的時代，人們總是先建築高樓大廈，次一步才營建美麗的庭園，把園藝看作更高級的藝術。」早在十六世紀，英國人就有這樣深刻的自覺了。

園藝是更高級的藝術。這樣睿智的話是我說不出來的（注二）。的確，園林非小道，它和整個人類文化史綰結在一塊兒：十六世紀以降，文藝復興當道，則在園林中體現人文主義的光輝；十七世紀法國君主集權壟斷，輻射而出，強調對稱、幾何的古典主義式園林風行草偃；十八世紀英國崛起，自然風致式園林一舉推翻古典主義，橫跨英吉利海峽，影響所及，尋找「當地的靈魂」成為造園家奉行的圭臬；放眼東方，則開出了中國園林和日式庭園兩朵秀異的花朵……

時至今日，各種主張的園林理想各擅勝場，許多已是科技展演場，比如有一款室內花園不栽種時可以收納成一個密閉大箱子，另有名為「華麗實驗場」的花園，三位設計師讓草坪、流水、火焰共存，希望帶來三種豐富的心靈饗宴，這可能更類近於觀念藝術了。

遺憾的是園林易於變造，要像京都宛如將庭園收存於時光膠囊一般的城市，大概找不到第二座了吧？無論如何，日後我當遍遊各種風格的典型園林。

聽我講起園林種種、旅行種種，欲罷而不能，常有朋友問我：出發前作了很多功課吧？其實並不，除了必要的實用資訊如食宿交通，或不著邊際的文學、藝術文本，我不太在行前碰觸相關文化史、社會學資料，刻意如此，是為了保留未受汙染第一眼，要以直觀去貼近陌生的人物和景致，好在回家後用功，與相關知識相印證。像我這樣一名觀光客，回家並非旅程的結束，閱讀與書寫，是另一段更悠遠路途的開始。

但總是要回家的，觀光客。打開家門，迎接我的是青蘋果漸趨成熟發散出淡淡果香，和收拾妥當的一屋子。歲月靜好，草蕨抽發嫩芽無數；麻葉繡球不唯沒有憔悴之姿，還吐露一團團青色細碎花苞；又是哪裡飄來一顆種籽？在瓦盆裡萌長出新芽。人生不也常以旅行來比喻嗎？今夜就投宿這裡吧。

注一：語出克勞德．李維史陀《憂鬱的熱帶》開宗明義第一句：「我討厭旅行，我恨探險家。」

注二：摘自法蘭西斯．培根〈談庭園〉。

作者介紹

王盛弘，出生於彰化縣和美鎮「竹圍仔」農家，父母不善於說教，卻在行動之中示範了淳樸、溫情、與人為善；青少年時期嗜讀琦君與三島由紀夫的著作，前者啟示了有關親情、友情的施與受，及對他物的關愛，後者使其正視人性中的愛慾、敗德和生死。

高中畢業後負笈北上，根扎在農地，枝枝葉葉不住向著都市試探伸展；嗣後，成了一棵懷抱母土投奔異鄉的植物；退役後留在台北工作，自覺到彷彿一顆種籽，孤身遠離母體之後，一旦落土，便有自信在那裡穩穩地把根扎下；世紀初，收拾行囊，一個人自助旅行英、法、西等國三個月，視野為之開闊，是時在倫敦雀兒喜藥草園發現披掛於枯木上一簇西班牙鳳梨，甚至不必有根，吸收空中水汽便能存活，而有所頓悟，因此期許自己是一個地球人。

然而，終於體悟到那一度以為將從生活之中慢慢消抹而去的童年，畢竟是生命的底蘊。

王盛弘性好文學、藝術與植物，愛好觀察社會萬象，有興趣探索大自然奧祕，賦予並結合人文意義，也喜好旅遊，自歐返國後以此經驗書寫，完成《慢慢走》，為「三稜鏡」三部曲之一。「三稜鏡」同心圓一般自外圍而核心，寫歐遊見聞與感思、台北心路與履歷，以及十七歲出門遠行前的家鄉童少時光；《關鍵字：台北》為第二部曲，為台北立下一座座文學地標。

創作上王盛弘鍾情散文，為年度散文選及各類文學選集常客，入選「台灣文學三十年菁英選：散文三十家」，屢獲國家文化藝術基金會創作與出版補助，曾獲林榮三文學獎、國科會科普散文獎、時報文學獎、教育部文藝創作獎、梁實秋文學獎等。

畢業於大榮國小、和美國中、彰化高中、輔仁大學大傳系廣電組，台北教育大學台灣文化研究所肄業。長期於媒體服務，曾獲報紙副刊編輯金鼎獎。

著作有：

《關鍵字：台北》（馬可孛羅，二〇〇八，國家文化藝術基金會創作補助）

- 日劇般精緻流暢的質感展現。——Rounder《博客來網路書店》
- 能以小花小草，長出人們靈魂沙漠渴望的一方綠洲。——丁文玲《中國時報》
- 從個人情感寫到整個族群的生活樣貌，自己感情的關注到對同志社會事件的關懷，情慾空間到地域文學。——小向《博客來網路書店》
- 當他筆鋒轉向台北的時候，馬上地變色，進入了一個海市蜃樓式的世界。——白先勇《印刻文學生活誌》
- 其中有幸福，也有傷痕，他無盡感性地寫來，洩漏了很多，也藉由書寫，輕輕撫慰了

自己。——李欣誼《中國時報》

● 下筆時以綿密意象對應著情緒之流轉多變，若不細品，未必察覺，而初閱和復讀，感覺又不相同。——果子離

● 只能說，我愛上王盛弘的作品。——俊佑《博客來網路書店》

● 我不得不含淚而讀。——洪啟軒《博客來網路書店》

● 無關乎男男或女女，因為那就是你，就是我。——胡慧玲《Taiwan News》

● 寫出一般遊客難以察覺的空間。——袁兆昌．香港《明報》

● 王盛弘沒有辜負鹽柱本事，一再反芻細節，寫出生命中最恣意盛開的關鍵辭彙。——孫梓評《自由時報》

● 揉進一點點私人，逾越散文／小說文類之間的虛線，酣暢淋漓地複寫網路交友、用藥派對、海濱尋歡等種種現實。——孫梓評《幼獅文藝》

● 從白先勇孽子、朱天文荒人，到王盛弘的夜遊神，文學是同志處境的在場證明。——墨里斯《G&L》

● 一本男版的《慾望城市》。——張瑞芬

● 筆鋒常帶感情，而感性中卻融合著理性的推演、辯證、深究。——許靜瑋《聯合報》

● 文筆是感性的，卻又不失睿智的深度。——彭健偉．馬來西亞《星洲日報》

● 細微到標點符號都考究再三。——詩礁

●直視人性的陰暗與愛慾，下筆大膽並且剖析深刻地寫出這個時代。——黃偉雄《MEN'S UNO》

●不僅止於表面的描繪，它指向更深層處，更向細微處靠近，充滿隱喻。——蘇惠昭《中華日報》

《慢慢走》（二魚文化，二〇〇六，台北文學寫作年金）

●他提出以符號歸結文化震撼與旅遊雜思，無疑另開新局。——王乾任《人間福報》

●《慢慢走》以它的理性與感性交融，證明了作者在台灣年輕作家裡少有的視野與才華。——南方朔《台灣時報》

●沈從文在自傳中說：「我讀一本小書又同時讀一本大書。」我想，王盛弘大概也是如此。——凌性傑《聯合報》

●三種漸層，彷彿知性與感性的調配與香氣。——孫梓評《自由時報》

●這樣的新境界，至少我在新世代的散文書寫中，猶未見過，具有指標意義。——許正平《台灣時報》

●與其說王盛弘在寫旅遊的所見所聞，倒不如說旅遊只是一個引爆他思想的出發點。——許先施．香港《明報周刊》

●在形式上，本書有令人驚喜的編排。——陳建志《聯合報》

●這旅行已非單純的旅行，簡直就是在省思自己的時空座標與生存意義了。——張瑞芬

《二〇〇六台灣文學年鑑》

● 吞入行旅途中的荊棘，吐出卻盡成玫瑰花瓣。——湯芝萱《出版情報》

● 以自己的生命體驗為軸線，運用各款符號指標，重新詮釋了陌生的世界及自己的人生。——黃基銓《野葡萄》

● 讀來深刻、細膩、豐富，舒服而不造作。——黃雅歆《中央日報》

● 顯然作者不僅想寫一部遊記，更意圖透過遊記開展出散文書寫的新模式。——誠品《好讀》

● 既是文化差異的衝擊，也是生命歷程的反思，更是身分認同的猶疑。——楊美紅《幼獅文藝》

● 寫下許多的文化衝突與異國觀察，更多的經驗則反射到內心，和過去在台灣的記憶產生化學變化。——劉郁青《民生報》

《帶我去吧，月光》（二〇〇三，一方，國家文化藝術基金會出版補助）

《一隻男人》（二〇〇一，爾雅）

《草本記事》（二〇〇〇，智慧事業體，行政院新聞局中小學生優良課外讀物推薦，後更名為《都市園丁》）

《假面與素顏》（二〇〇〇，九歌，後更名為《留下，或者離去》）

《桃花盛開》（一九九八，爾雅，國家文化藝術基金會出版補助）。

作品發表索引

〈要嘛他一言不發〉（二〇〇六・一・二十四《自由時報・自由副刊》）
〈每個球都會癢〉（二〇〇六・十・七《中國時報・浮世繪》）
〈像小鳥唱歌不一樣〉（二〇〇六・十・十三《國語日報・少年文藝》）
〈寒山寺〉（二〇〇四・五・十一《中國時報・人間副刊》）
〈壓力發電廠〉（二〇〇六・七・十《聯合報・聯合副刊》）
〈這時候快樂占上風〉（二〇〇七・六・九《國語日報・少年文藝》）
〈青春的邊界〉（二〇〇四・七・二《自由時報・自由副刊》）
〈最好的季節〉（二〇〇九・一・五《自由時報・自由副刊》）
〈華頂山渡口〉（二〇〇八・十・二十一《自由時報・自由副刊》）
〈走過三島由紀夫〉（二〇〇七・三・十《國語日報・少年文藝》）
〈夏日風物詩〉（二〇〇七・十・十三《國語日報・少年文藝》）
〈雪的可能〉（二〇〇三・五・十《中國時報・人間副刊》）
〈好日子〉（二〇〇七・六《幼獅文藝》總六四二期）
〈看見貝克漢〉（二〇〇二・六・二十四《中國時報・人間副刊》）

〈哇！藝術節〉（二〇〇七．七．十四《國語日報．少年文藝》）
〈猶太人不住的城市〉（二〇〇七．八．十一《國語日報．少年文藝》）
〈混血倫敦〉（二〇〇五．八．十四《聯合報．聯合副刊》）
〈出洋相〉（二〇〇七．十一．十《國語日報．少年文藝》）
〈青蛙跳進豌豆湯〉（二〇〇七．一．十三《國語日報．少年文藝》）
〈大英博物館已失去魅力？〉（二〇〇七．二．十《國語日報．少年文藝》）
〈鐘花開過有餘香〉（二〇〇七．九．八《國語日報．少年文藝》）
〈開盡梨花，春又來〉（二〇〇二．一《幼獅文藝》總五七七期）
〈不過是場浪漫電影〉（二〇〇九．二《聯合文學》總二九二期）
〈外遇不曾落幕〉（二〇〇七．九．十九《自由時報．兩性異言堂》）
〈巴黎罷工中〉（二〇〇七．四．十四《國語日報．少年文藝》）
〈跟著西西看房子〉（二〇〇九．二《幼獅文藝》總六六二期）
〈綁架巴塞隆納〉（二〇〇六．二．一《自由時報．自由副刊》）
〈建築嘉年華〉（二〇〇七．五．十二《國語日報．少年文藝》）
〈換季隨想〉（二〇〇七．十二．八《國語日報．少年文藝》）
〈開往菲格雷斯的列車〉（二〇〇七．七《聯合文學》總二七三期）
〈陌生化的遊戲〉（二〇〇八《暢遊台灣》總三期）

〈台北演化私人史〉（二〇〇九・七大陸《新周刊》）

〈花樹下〉（二〇一〇・三・二十二《自由時報・自由副刊》）

《京都的石頭》（十二連作）

〈詩的第一句〉（二〇〇九・一《幼獅文藝》總六六一期）

〈包裹於時光膠囊〉（二〇〇九・二《幼獅文藝》總六六二期）

〈金閣不是一個人的〉（二〇〇九・三《幼獅文藝》總六六三期）

〈在稀微的光線中〉（二〇〇九・七《幼獅文藝》總六六七期）

〈不祇是喫茶〉（二〇〇九・四《幼獅文藝》總六六四期）

〈大地上禪的投影〉（二〇〇九・五《幼獅文藝》總六六五期）

〈美在實用的基礎〉（二〇〇九・六《幼獅文藝》總六六六期，收入九歌出版《九十八年散文選》）

〈一朵吹不熄的焰火〉（二〇〇九・八《幼獅文藝》總六六八期）

〈秋日風物詩〉（二〇〇九・十二《幼獅文藝》總六七二期）

〈一顆石頭也是專業〉（二〇〇九・九《幼獅文藝》總六六九期）

〈砂是留白的趣味〉（二〇〇九・十《幼獅文藝》總六七〇期）

〈再見水分石〉（二〇〇九・十一《幼獅文藝》總六七一期）

代跋／〈像我這樣一名觀光客〉（二〇一〇・五《聯合文學》總三〇七期）

國家圖書館出版品預行編目資料

十三座城市／王盛弘著. -- 初版. -- 臺北市：馬可孛羅文化出版：家庭傳媒城邦分公司發行，2010.05
面；　公分. --（旅人之星；MS1041）
ISBN 978-986-6319-19-8（平裝）
855　　99005546

【旅人之星】MS1041
十三座城市

作　　者❖王盛弘
封面設計❖聶永真
內頁彩圖設計❖太陽臉
選　　書❖郭寶秀　巫維珍
總 編 輯❖郭寶秀
責任編輯❖巫維珍
協力編輯❖曾淑芳

發 行 人❖凃玉雲
出　　版❖馬可孛羅文化
104台北市中山區民生東路二段141號5樓
電話：(886) 2-25007696
發　　行❖英屬蓋曼群島商家庭傳媒股份有限公司城邦分公司
104台北市中山區民生東路二段141號2樓
客服服務專線：(886) 2-25007718；25007719
24小時傳真專線：(886) 2-25001990；25001991
服務時間：週一至週五9:00～12:00；13:00～17:00
劃撥帳號：19863813　戶名：書虫股份有限公司
讀者服務信箱：service@readingclub.com.tw
香港發行所❖城邦（香港）出版集團有限公司
香港灣仔駱克道193號東超商業中心1樓
電話：(852) 25086231　傳真：(852) 25789337
E-mail：hkcite@biznetvigator.com
馬新發行所❖城邦（馬新）出版集團
Cite (M) Sdn. Bhd. (458372U)
11 Jalan 30D/146, Desa Tasik, Sungai Besi,
57000 Kuala Lumpur, Malaysia
電話：(603) 90563833　傳真：(603) 90562833
輸出印刷❖前進彩藝有限公司
初版一刷❖2010年5月
初版五刷❖2022年8月
定　　價❖300元（如有缺頁或破損請寄回更換）

城邦讀書花園
www.cite.com.tw

ISBN 978-986-6319-19-8